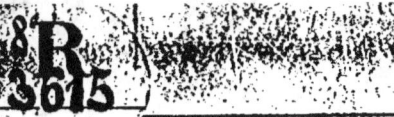

RAPPORTS

ET NOTES

SUR LA GESTION DE L'HOSPICE CIVIL

DE

BAR - LE - DUC

BAR-LE-DUC

Imprimerie et Lithographie Comte-Jacquet, rue de la Rochelle, 51.

—

1878

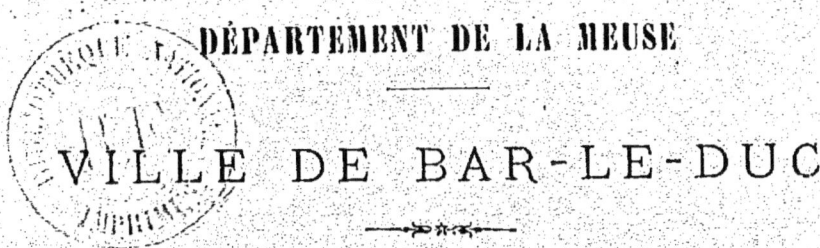

DÉPARTEMENT DE LA MEUSE

VILLE DE BAR-LE-DUC

RAPPORT

DE

LA COMMISSION MUNICIPALE

CHARGÉE

de l'Examen des Comptes de l'Exercice 1876 et du Budget supplémentaire de 1877,

PRÉSENTÉS PAR L'HOSPICE CIVIL DE BAR-LE-DUC

Ce Rapport a été approuvé par le Conseil municipal, dans sa séance du 12 décembre 1877.

CONSEIL MUNICIPAL DE BAR-LE-DUC

Séance du 12 décembre 1877.

Présents : M. LAGUERRE, Maire, *Président ;* MM. BALA, BECKER, BRADFER, CARGEMEL, CHASTEL, COLLET, COLLIN, DAGET, DELAMAIN, DEVELLE, FORGET, HORIOT, JACQUET, KRICK, LABROSSE, LEFEBVRE, MARCHAL, MARCHAND, MICHEL, MOULIN, PETITPRÊTRE ET THEVENIN, *Conseillers.*
M. KRICK remplit les fonctions de *Secrétaire.*

M. le Maire fait connaître que la séance a pour objet l'examen des Comptes de l'exercice 1876 et du Budget supplémentaire de 1877, présentés par l'Hospice civil de Bar-le-Duc, et soumis à une commission spéciale composée de MM. DEVELLE, MARCHAL, DAGET, MARCHAND et BALA : M. le Rapporteur, invité par le Maire à donner communication du travail de la Commission, s'exprime ainsi :

MESSIEURS,

La Commission que vous avez nommée dans votre séance du 30 août dernier, pour, conformément aux articles 9 et 10 de la loi du 7 août 1851, vérifier le Compte administratif de l'Hospice civil de Bar-le-Duc, pendant l'exercice 1876, le Budget additionnel de 1877 et le Budget primitif de 1878, a, dans sa première réunion, chargé M. le Maire de réclamer dans le plus bref délai toutes les pièces de comptabilité, sans exception, qui pouvaient lui permettre d'exercer un contrôle réel et efficace. (Pièce n° 1.)

Un certain nombre a été fourni immédiatement, mais les pièces plus spécialement relatives au Budget matières de 1878 ne lui sont pas parvenues.

Par sa lettre du 20 novembre dernier, M. le Maire faisait une nouvelle tentative près de M. le Préfet, afin de le prier « d'inviter la Commission hospitalière à produire le compte

» matières, et surtout le compte moral 1876, dont la produc-
» tion est formellement prescrite par les instructions. »
Nous ne les avons pas encore reçus. (Pièce n° 1 *bis*.)

Cette difficulté de nous procurer les renseignements indispensables vous explique, Messieurs, les lenteurs de votre
Commission. Cependant, le Conseil municipal étant mis en
demeure d'émettre son avis sur le budget supplémentaire de
1877, par M. le Préfet de la Meuse, tuteur des établissements
de bienfaisance et intéressé, à ce titre, à rechercher la vérité,
nous croyons posséder déjà des éléments suffisants pour
asseoir un jugement et vous proposer des conclusions.

Vous vous rappelez, Messieurs, que dans le rapport
verbal qui vous a été présenté au nom de la Commission du
Budget, il était dit que la rumeur publique parlait de graves
dissentiments dans le sein de la Commission administrative
de l'Hospice civil ; on racontait qu'une sœur avait été
renvoyée en 1877 pour des faits qui se seraient produits
dans le cours de l'exercice 1874 ; les mots de *comptabilité
occulte* étaient prononcés, et vous avez voulu, en nommant
une Commission spéciale, non contrôler ces faits, que vous
n'êtes pas appelés à apprécier, mais rechercher si, dans
l'exercice 1876, des irrégularités et des fautes semblables
n'auraient pas été commises.

Nous avons procédé par voie d'enquête et voici les documents que nous avons pu recueillir :

Pièce n° 2. — « Je soussigné, Charles Lallemand,
» demeurant à Bar-le-Duc, rue de Véel, n° 64, déclare avoir
» été chargé par sœur Emmanuel, en 1875 et 1876, de la
» vente des légumes du jardin de l'Hospice, tels que :
» haricots, pois, artichauts, choux-fleurs, carottes, choux,
» pommes de terre, salades, raves, etc., et que cette sœur
» m'a toujours recommandé de ne rien dire à personne du
» produit de mes ventes, dont je lui remettais le montant à
» chaque marché. Cette sœur me recommandait, surtout, de
» ne pas me laisser voir dans le jardin et de n'en pas parler
» à M. Thiébaut.

» Mon plus beau marché s'est élevé à 40 fr. ; les autres, en
» moyenne, à 20 fr. environ, suivant la beauté des légumes
» qui m'étaient confiés. Les autres jours de la semaine, ma
» femme s'occupait de la vente en ville ; cette vente produi-
» sait, en moyenne, 10 fr. par jour.

» Il paraît que d'autres personnes vendaient en même
» temps que nous, car je n'ai pas eu souvent les plus beaux
» légumes. Je passais toujours avec ma brouette de légumes
» par la porte de derrière qui donne sur la rue des Romains,
» et je rentrais de même, par la même porte, après le mar-
» ché, pour effectuer, entre les mains de sœur Emmanuel, le
» versement du produit de ma vente.

» La vente habituelle ne durait guère plus de trois mois
» par année, car elle n'avait lieu que dans la saison la plus
» profitable pour le jardinage. Pour cette année, je n'ai pas
» accepté l'offre qui m'a été faite de continuer la vente.

» Bar-le-Duc, le 7 août 1877.

» Signé : LALLEMAND. »

Ainsi, d'après la déposition de Lallemand, il aurait été
vendu, par sa femme et par lui, pour 1,160 fr. de légumes en
1876. En effet, pendant trois mois environ, deux marchés
par semaine, en supposant qu'aucune vente n'ait été faite le
dimanche, donnent 26 jours à 20 fr.   520   »
Il reste 64 jours à 10 fr.   640   »

Ensemble. . . . . . .   1.160   »

Ces renseignements sont, du reste, confirmés par Mme Froment, qui, en 1874, était chargée de la vente des légumes
que lui livrait sœur Emmanuel.

PIÈCE N° 3. — « Je soussigné, Adélaïde TRICHEUR, épouse
» DELIAU, vigneronne, demeurant à Bar-le-Duc, déclare
» qu'en 1874, j'ai été chargée de la vente des légumes de
» l'Hospice, par sœur Emmanuel, depuis le mois de juillet
» jusqu'à fin septembre. J'ai fait, au moins, vingt marchés,
» dont un de 23 fr., trois de 20 fr. Il n'y a eu que deux ou
» trois marchés au-dessous de 5 fr. Les vingt marchés ont
» été environ de 12 fr. 50, en moyenne ; j'ai vendu des
» melons deux ou trois fois.

» En 1875 et 1876, j'ai été également chargée des légumes
» de l'Hospice.

» Bar-le-Duc, le 7 août 1877.

» Signé : Adélaïde TRICHEUR. »

Cette déclaration est en contradiction avec la déposition de cette même Adélaïde Tricheur, femme Deliau, à la commission d'enquête de l'Hospice, dont nous parlerons tout à l'heure, faite à la date du 17 juillet 1877, dans laquelle on fait dire à cette dame que les légumes par elle vendus avaient très-peu de valeur, et que toute autre personne que sœur Emmanuel n'aurait pas songé à les faire vendre.

Pour 1876, nous portons à 250 fr. le montant des ventes faites par Mme Deliau.

20 marchés à 12 fr. 50 donnent 250   »

Pour mémoire, et afin d'établir que ces ventes se font ainsi depuis longtemps :

PIÈCE N° 4. — « RICHALET (Louis), ancien jardinier » chef à l'Hospice, actuellement jardinier, rue des Chène- » vières, à Bar-le-Duc, déclare que déjà, en 1868, et depuis, » on a vendu, par l'intermédiaire de Mme veuve Gardeur, » Mme Deliau, Mme Bollet et Mme Froment, des légumes » provenant du jardin de l'Hospice, pour une somme annuelle » de 1,400 fr. environ. »

Le dit Richalet évalue à 200 la quantité de lapins con- sommés, par année, dans l'établissement ; une peau se vend 0 fr. 30, au moins ; 200 peaux à 0 fr. 30 font   60   »

Il parle également de vente de sel ayant servi aux salaisons.

Il est encore notoire, d'après les renseignements qui nous sont parvenus de divers côtés, que les plus beaux produits du jardin étaient vendus au sieur Remy-Taillandier, rue Étienne à Bar-le-Duc ; mais, ne pouvant donner de chiffres certains, nous n'en parlerons ici que pour mémoire. Il résulte donc que la vente des produits du jardinage et de la basse-cour s'est élevée, en 1876, au minimum, à la somme de 1,470 fr., et comme il n'a été versé dans la caisse hospitalière que 740 fr., ainsi qu'il résulte du décompte suivant fourni par l'Économe :

1er trimestre	300	»
2e —	200	»
3e —	180	»
4e —	60	»
Somme égale	740	»
Le déficit à constater est donc de	730	»

ce qui constitue un fait de la plus haute gravité.

Nous devons vous dire, à titre de renseignement, qu'on était coutumier de cette façon d'agir à l'Hospice de Bar-le-Duc, et que déjà, pour 1874, sur la déclaration de M. Thiébaut, secrétaire de la Commission administrative de l'Hospice, une somme de 200 fr., dont on ne trouvait pas trace au compte comme produit, avait été signalée à la dite Commission, en même temps que d'autres faits de comptabilité occulte.

Nous ajouterons que, dans la séance du 1er juin 1877, le renvoi de sœur Emmanuel, coupable de ces actes répréhensibles, aurait été décidé à la majorité de 5 Administrateurs sur 6 présents.

M. le Maire, qui présidait cette séance, pourra donner à ce sujet, au Conseil, les éclaircissements que celui-ci jugera à propos de réclamer. Il nous a autorisé à vous dire que ce renvoi avait vivement ému les deux membres absents et l'opposant de ladite Commission ; que des plaintes avaient été adressées par eux à M. le Préfet de la Meuse et à M. le Supérieur général des sœurs de Saint-Charles, à Nancy ; que les faits avaient été dénaturés, et que, malgré les protestations du Maire, alors qu'il demandait lui-même, sur les faits reprochés à sœur Emmanuel, une enquête sérieuse *qu'il devait présider de droit*, cette enquête avait eu lieu sans sa participation. Nous avons du reste, en nos mains, une copie du rapport des trois commissaires enquêteurs, que M. le Maire nous a communiqué.

Nous voyons dans ce document que sœur Emmanuel a dû se servir de la somme de 200 fr., indiquée plus haut, pour payer les esherbeuses, les éplucheuses de légumes, solder des gratifications à divers et des notes de semis, etc., nécessaires au jardinier. Mais, *contrairement aux déclarations de sœur Emmanuel et des commissaires enquêteurs*, les sommes payées aux sarcleuses lui étaient remboursées, ainsi que les autres dépenses, par l'économe, sur les avances du Receveur, ainsi qu'il résulte de l'état des dépenses journalières de l'économe et *d'une note qui est en notre possession et écrite de la main de cette sœur*. (Pièce n° 16.)

Les sommes dues aux ouvrières n'avaient donc pas été acquittées avec les 200 fr. relevés par M. Thiébaut, et ceux-ci auraient dû être versés dans la caisse hospitalière.

Nous vous demandons, Messieurs, pardon de cette digression, et, revenant à l'année 1876, nous vous donnons une note exacte des dépenses ordinaires pendant l'exercice, afin de vous prouver que les dépenses les plus faibles figurent au compte de l'économe.

DÉPENSES ORDINAIRES

ART. 46

17 Février 1876...	3 journées payées à Main, journalier, à 1 fr....................................	3	»
18 Avril 1876......	10 litres de petits oignons...............	5	»
5 Mai 1876........	25 journées à Hubert, à 1 fr. 15........	28	75
	4 — Main, à 1 fr...............	4	»
14 Juin 1876......	3 litres haricots (Martin-Grongnard), à 0 fr. 80.............................	2	40
	1 kilog. semences fourragères.........	1	35
	16 journées à Hubert, à 1 fr. 15......	18	40
Juillet 1876.......	26 — —	29	90
	10 journées à Main, à 1 fr..............	10	»
	à diverses sarcleuses, 130 heures à 0 15	19	50
Août 1876.........	7 journées à Hubert, à 1 fr. 15......	8	05
	12 — —	13	80
	7 — —	8	05
Septembre 1876...	26 — —	29	90
	4 — Main, à 1 fr............	4	»
Octobre 1876.....	2 kilog. semence d'épinards, à Martin.	6	»
	26 journées à Hubert, à 1 fr. 15......	29	90
Novembre 1876...	26 — —	29	90
Décembre 1876...	3 — Main, à 1 fr............	3	»

Plus loin :

20 Mars 1876.....	550 griffes d'asperges, à Remy, à 11 fr.	60	50
25 —	12 paniers pour le jardin, —	22	60
23 Mai 1876.......	Graines potagères de Mᵐᵉ Bernier, de Nancy : Endives, oignons, poireaux, choux, radis, pois, chicorée, melons, épinards, laitues, céleri, raves	98	40
27 Décembre 1876.	1,000 rames de haricots (Belfontaine), à 1 fr. 50.............................	15	»
	900 rames de pois (Belfontaine) à 1 fr. 25	11	25
30 Décembre 1876.	49 tombereaux de fumier (Mangin), à 14 fr.................................	686	»

De plus :

L'aide jardinier Boivin a un traitement annuel de...........	340	»
Le jardinier Payen — —	450	»
L'aide de la pharmacie Fouquet (Marianne)	75	»
L'éplucheuse de légumes Thévenin (Marie)...............	75	»
L'aide cuisinière Suèze (Hélène)..................	75	»
Les scieurs et fendeurs de bois figurent pour................	396	20

Enfin :

ART. 69

On a payé à titre de gratification, en argent, aux travailleurs Purson, Raulot, Thévenin, V. Faxel :

		Report.....	102 90
Janvier	18 15	Juillet	20 65
Février	15 15	Août.............	17 15
Mars	15 15	Septembre.........	20 65
Avril	20 15	Octobre..........	17 15
Mai	17 15	Novembre.........	18 65
Juin	17 15	Décembre	20 »
A reporter.....	102 90	TOTAL.....	217 15

Vous le voyez, Messieurs, par ces chiffres, il est impossible, pour 1876, de nous contenter des motifs énoncés dans l'enquête pour expliquer l'emploi fictif de 200 fr. en 1874. Tout a été directement payé par l'Econome en 1876, et le déficit de 730 fr. constaté sur la vente des produits du jardin de l'Hospice pendant la même année ne peut se justifier.

PIÈCE N° 5. — « Le Receveur de l'Asile de Fains, sous-
» signé, certifie avoir payé, à la date du 21 avril 1876, au
» sieur Collesson-Lachambre, boulanger à Bar-le-Duc, la
» somme de 4 fr., pour le prix de 40 kilog. de braise à
» 0 fr. 10 fournis au dit établissement.

» Bar-le-Duc, le 12 juillet 1877.

» Signé : DELORY. »

Vous vous demandez, Messieurs, ce que nous avons à voir à la vente de 40 kilog. de braise faite par M. Collesson-Lachambre à l'Asile de Fains.

C'est qu'il paraît que M. Collesson-Lachambre n'a été qu'un intermédiaire ; que le vendeur véritable est la supérieure ; que la somme de 4 fr. n'a pas été versée dans la caisse hospitalière, et l'enquête explique ce fait de la manière suivante :

« En 1875, de la braise (60 kilog.) a été fournie par
» l'Hospice à l'Asile de Fains ; on a eu recours à un tiers,
» M. Collesson-Lachambre, pour produire le mémoire et
» acquitter le mandat.

» En 1876, même fait s'est produit de la même façon
» (40 kilog. environ), le prix de la braise étant de 0 fr. 10 par
» kilog. Cette accusation atteint aussi directement Mme la

» Supérieure, sœur Cécile, que sœur Emmanuel. Voici la
» déposition de Mme la Supérieure :

» Elle déclare que le même jour, en 1875, et au même
» fournisseur, il y a eu deux achats de braise : le premier,
» reçu et payé par l'Econome ; le second a été fait par elle
» sur les instances pressantes du voiturier, qui en était très-
» embarrassé. Ce second achat a été fait par Mme la Supérieure
» et payé par elle avec l'argent qu'elle avait à sa disposition.
» Quelque temps après, les sœurs de l'Hospice de Fains sont
» venues prier Mme la Supérieure de Bar-le-Duc de leur céder
» quelques sacs de braise, dont elles avaient le plus pressant
» besoin. Mme la Supérieure, désirant faire plaisir aux sœurs
» de Fains, leur cède environ 60 kilog. de cette même braise
» dont elle avait fait personnellement l'acquisition. Mme la
» Supérieure n'ayant pas qualité pour produire un mémoire
» à l'Asile de Fains, prie un tiers de faire le mémoire et d'en
» toucher le montant. Ce tiers était M. Collesson-Lachambre.
» En 1876, même demande a été faite par les sœurs de Fains
» pour 40 kilog., qui leur ont été livrés de la même façon ;
» *cette braise provenait de la boulangerie de la maison.* Mme la
» Supérieure ne sait pas si ces 40 kilog. ont été encaissés. »
(L'enquête veut parler, sans doute, de l'encaissement du prix
des 40 kilog.)

Sœur Emmanuel fait une déposition identique pour les
acquisitions de 1875 et de 1876, contrairement aux affirmations de Mme la Supérieure, qui se rappelle très-bien, elle,
que la braise vendue en 1876 provient de la boulangerie de
la maison, mais dont la mémoire fait absolument défaut au
sujet de l'encaissement du prix de cette vente par le Receveur ou l'Econome. Or, l'unique fournisseur de braise est
Piquet, de Vavincourt ; il nous a fait la déclaration suivante :

Pièce n° 6. — « Je soussigné, Piquet, Alphonse, mar-
» chand de braise, à Vavincourt, fournisseur habituel de
» l'Hospice de Bar-le-Duc, déclare n'avoir jamais donné ni
» vendu de braise à aucune religieuse de cet établissement,
» ni avant, ni après mes fournitures en 1875 et 1876, ni à
» l'occasion de ces fournitures. Je déclare en avoir vendu à
» quelques pensionnaires qui m'ont payé elles-mêmes.

» Vavincourt, le 9 août 1877.

» Signé : Piquet. »

Un certain nombre d'ouvrières de l'Hospice sont employées par divers fabricants de Bar et sont payées par eux. Le tiers du produit de leur travail doit leur être accordé ; les deux tiers reviennent à l'établissement ; le tout doit être versé à l'Econome. Nous avons, en effet, entre les mains un état fourni par M. Antoine-Etienne, pièce n° 7, qui constate que depuis le 4 octobre 1873 jusqu'au 7 juillet 1877 il a payé pour 605 fr. 65 de travail. L'année 1876 figure dans cette somme pour 189 fr. 20.

Pièce n° 8. — Notre honorable collègue, M. Cargemel, a payé du 1er octobre 1873 au 1er juillet 1877.....   414 20
Et pendant l'année 1876...........................   132 35
Soit pour ces ouvrières un salaire de 321 fr. 55 en 1876.

M. Thiébaut dépose ainsi : « Depuis le 1er octobre 1873
» jusqu'au 1er juillet 1877, le produit du travail des indigents,
» autres que les orphelines, s'est élevé, chez deux fabricants
» seulement, à 1,100 fr., *et probablement davantage, en tenant*
» *compte du travail fait autre part*. Cette somme n'a pas été
» versée dans la caisse de l'établissement. Une délibération
» du 5 mai 1876 demandait que la totalité de ce produit fût
» versée dans la caisse, sauf à en extraire le tiers régulière-
» ment pour le faire distribuer aux travailleurs. *Malgré cette*
» *délibération et les observations de l'Administration*, rien n'a
» été versé jusqu'au 1er juillet 1877. Avant le 1er octobre 1873,
» Mme la Supérieure faisait la répartition du tiers avant de
» verser (à l'Econome) le produit du travail. »

Les commissaires enquêteurs s'expriment de la sorte :
« La réponse de M. Harpin à cette accusation, qui atteint
» Mme la Supérieure plus directement, est la justification de
» celle-ci. La voici : M. Harpin déclare que l'argent prove-
» nant du travail des indigents était employé, pour une
» partie, à payer les ouvrières qui l'avaient gagné, et pour
» l'autre partie au paiement des éplucheuses de légumes.
» des lingères, de la laveuse de compresses. *Il n'est pas à sa*
» *connaissance que Mme la Supérieure ait demandé des crédits*
» *pour payer les journaliers*. »

Vous avez vu, Messieurs, par les comptes détaillés que nous vous avons soumis, que le paiement des journaliers figure régulièrement, mois par mois, ainsi que les acquisi-tions de semis et tout ce qui est nécessaire à l'entretien du jardin. Les motifs allégués, en 1874, pour expliquer l'emploi des 200 fr. que M. Thiébaut ne voyait figurer dans aucun compte et dont il pouvait être rendu moralement responsable ; ces motifs, disons-nous, sont de nouveau mis en avant, en 1876, pour pallier les déficits que nous avons relevés, et vous devez être, par les explications précédentes, suffisamment édifiés sur leur valeur. Nous ajouterons, comme nous l'avons déjà dit plus haut, que pour faciliter le paiement des menues dépenses journalières, le Receveur fait des avances mensuelles à l'Econome, qui les met à la disposition de la sœur.

L'explication suivante fournie par les mêmes enquêteurs pourra-t-elle modifier votre appréciation ?

Voici une note écrite par Mme la Supérieure, qui donne l'emploi de ces salaires :

« Cécile Chatain et Antoinette Jeanti gagnent en moyenne
» chacune, par an, 150 fr. 300   »
_____

» Elles reçoivent le tiers (100 fr.), et 200 fr. de-
» vraient être versés à l'Econome. 200   »
» Les deux autres tiers sont distribués comme suit :
» La chère sœur des femmes à vie donne aux trois per-
» sonnes qui raccommodent les vêtements des femmes, pour
» les trois. 60   »   par an.
» Etrennes à toutes les femmes à vie   20   »
» Joséphine Morisot, autre lingère,   ·
» reçoit 60   »
» Franceline Thévenin, aide de cui-
» sine. 50   »
» Lessiveuses qui lavent tous les
» jours le linge des gâteux. 30
_____

220   » -¡- 100 = 320

» Les années 1874 et 1875 donnent, à peu de chose près,
» les mêmes résultats. »

Cette somme de 300 fr. est-elle suffisante pour représenter :
1° Le travail des ouvrières chez M. Antoine. 189 20
2° Le travail des mêmes ouvrières chez M. Cargemel   132 35
3° Et probablement chez d'autres industriels,
comme le disent les commissaires enquêteurs ?

Pourquoi aussi attribuer ces sommes au paiement des services indiqués par la sœur, depuis octobre 1873, alors qu'ils étaient évidemment payés sur d'autres ressources, non signalées dans les comptes, lorsque la sœur, avant cette époque, versait régulièrement à l'Econome les deux tiers qui reviennent à l'établissement.

Vous apprécierez vous-mêmes, Messieurs, la valeur de ces arguments, et vous aurez assurément de la peine à comprendre, après les explications fournies par l'enquête, que sœur Emmanuel ait été réintégrée dans ses fonctions de ménagère, et que le Secrétaire, M. Thiébault, qui avait signalé à la Commission de l'Hospice les faits reprochés, avec raison, à cette sœur, ait été congédié.

Nous ne vous rappellerons que pour mémoire qu'il n'y a aucune trace au compte, ni du sel ayant servi aux salaisons, ni des peaux de lapin dont parlait le sieur Louis Richalet, ni des lies de vin qui sont vendues chaque année, et nous abordons immédiatement la question capitale. Nous voulons parler des comptes de la pharmacie.

Nous trouvons inscrit au compte de l'Hospice :

RECETTES ORDINAIRES

Pharmacie : Produit..	6.325 68

DÉPENSES ORDINAIRES

3 Juillet. Diverses fournitures Laskosky..	1.723 79
Jardinier, Plantes et Fleurs pharmaceutiques..	841 »
14 Décembre, de Mme veuve Breton..	1.805 81
31 Décembre, de Laskosky, de Bar-le-Duc..	515 37
— de Berthélemy, de Bar-le-Duc..	268 20
— de Lalin..	1.392 16
Total..	6.546 33

portés au Budget sous la rubrique :

1° DÉPENSES ORDINAIRES

Art. 28. — Achats de médicaments pour..	5.705 33

2° DÉPENSES SUPPLÉMENTAIRES

Art. 12. — Evaluation des simples reçus en pharmacie...	841 »
Somme égale..	6.546 33
On accuse en recette..	6.325 68
Perte..	220 65

Voilà ce que disent les comptes.

Voici ce que nous disons :

Les fournitures faites par Mme veuve Breton figurent au compte pour une somme de 1,805 fr. 81. Nous avons réclamé à Mme Breton le détail de ses fournitures à la pharmacie de l'Hospice pendant l'année 1876, et nous avons reçu le duplicata suivant :

PIÈCE N° 9. — *Relevé de compte.*

1876				Report.....	6.050 95
14 janvier, ma facture	337 75	14 août, ma facture	34 »		
31 — —	343 »	23 — —	19 05		
18 février —	36 25	12 — —	3 80		
20 — —	7 50	6 septembre —	1.305 60		
4 mars —	2.306 65	13 — —	25 55		
24 — —	163 15	13 octobre —	141 25		
6 avril —	302 75	19 — —	306 60		
18 mai —	357 60	20 — —	21 85		
13 juin —	268 55	18 décembre —	788 »		
27 — —	1.539 95	— —	4 95		
8 juillet —	37 50	28 — —	11 25		
— —	6 75				
10 — —	33 30	TOTAL.....	8.802 85		
1er août —	8 75	Les comptes ne portent			
— —	269 10	que	1.805 81		
4 — —	32 40				
A reporter....	6.050 95	Soit en moins........	6.997 04		

PIÈCE N° 10. — Nous avons, en outre, un duplicata de M. Philippe, 8, rue de Bracque, à Paris, constatant qu'il a fourni à la pharmacie de l'Hospice, en Boules-Eustache, Pastilles de gomme :

1876.	5 Janvier, pour	104 »
	3 Mai	114 50
	19 Septembre	99 »
	Ensemble	317 50

PIÈCE N° 11. — Une facture de droguerie de MM. Serres et Cruet :

1876. 29 Novembre, pour 249 75

PIÈCE N° 12. — Facture de MM. Dervieux, frères, de Gray :

1876.	Janvier. 3/6 Nord pour...............	209 60
	Février. Grenache................	240 25

pour la préparation du vin de quinquina, probablement.

Nous avons alors demandé au receveur de l'hospice quelles sont les traites qu'il a dû payer dans l'année pour acquitter ces mémoires, s'élevant en chiffres ronds à la somme de 8,104 fr., et nous n'avons trouvé sur ses livres que le paiement des trois traites suivantes :

1re Pour houille fournie par Kahn et Hertz de Nancy au 9 mars 4.441 20
2e Sur l'Hospice civil.............................. 169 40
3e Au 9 septembre, pour houille de Kahn................ 79 80

Voilà ce que disent les comptes.

Voici ce que nous affirmons :

Les traites suivantes ont été présentées par un banquier de la ville, savoir :

Le 5 mars 1876	37 20	tirée sur s^r Eugénie.
31 juillet................	397 40	»	la supérieure.
1er septembre................	232 80	»	les sœurs.
25 octobre................	364 85	»	la supérieure.
—	1.000	»	»	—
30 —	99	»	»	—
15 novembre................	166	»	»	—
—	155 45	»	»	—
30 —	396 60	»	»	—
4 décembre................	209	»	»	—
20 —	213 95	»	

D'autre part il a été payé en traites :

31 décembre 1875 et 1er
janvier 1876......... 585 70
en deux effets soldant
les livraisons de 1875.
15 janvier............ 34 »
_____
Ensemble........ 619 70

que nous ne portons pas au compte de 1876.

Et par une autre maison de banque il a été également présenté les traites ci-dessous indiquées :

Le 5 février 1876............ de 104 » fact^{re} de Philippe, du
5 janvier.
15 — .... 209 60 » Dervieux.
25 — .... 337 75 » 14 janvier Breton
5 mars .... 240 25 » février, Dervieux
_____
A reporter............ 4,163 85

Report........	1.163 85	
Le 15 mars.............	343 »	factᵉ 31 janv. Breton.
10 avril...............	66 75	
15 —	2.350 40	3 effets : 18 et 29 fév., 4 mars, Breton.
31 mai...............	528 95	2 effets.
15 juin...............	156 90	
20 —	31 50	
25 —	357 60	factᵉ 18 mai, Breton.
15 juillet.............	543 55	
20 —	268 55	
5 août...............	1.539 95	2 effets 27 juin Breton
15 —	240 95	
25 octobre.............	1.364 85	2 effets : 6 et 13 septembre, Breton.
30 —	99 »	
15 novembre...........	155 45	
30 —	396 60	facture 18 octobre Breton.
20 décembre...........	213 95	
Total..............	12.821 80	

et puisque nous avons retranché le paiement des fournitures de décembre 1875, nous devons ajouter les factures de décembre 1876, qui ont dû être payées en janvier 1877.

18 décembre, facture Breton..	788 »	
— »	4 95	
28 — »	11 25	
Total des traites.......	13.626 »	

Si aux sommes payées en 1876 pour traites 12.821 80 nous ajoutons celles payées :

1° à Laskosky.....................	1.723 79
2° à Breton, par Économe (?)............	1.805 81
3° à Laskosky.....................	515 37
4° à Berthélemy....................	268 20
5° à Lalin........................	1.392 16
6° Et la valeur des plantes et fleurs pharmaceutiques, produits du jardin...........	841 »
nous obtenons le chiffre de.............	19.368 13
et s'il y a double emploi des............	1.805 81

du compte Breton,

il reste pendant l'année 1876 pour............. 17.562 32

d'acquisitions, et cette somme n'est certainement pas assez élevée, puisque hier nous avons acquis la preuve, *Pièce n° 15*, que M. Saulnois a vendu, en janvier 1876, pour 133 fr. 10 de saindoux, et qu'il peut avoir été payé chez d'autres banquiers des traites que nous ne connaissons pas.

Comment la Commission de l'Hospice pourra-t-elle expliquer que sœur Cécile, la supérieure, a pu payer pour plus de 13,000 fr. de traites commerciales, quand elle ne doit avoir aucun maniement de fonds ?

L'Administration de l'Hospice ignore ou connaît ces agissements.

Dans le premier cas, elle ne peut échapper au reproche de n'avoir pas exercé la surveillance qui lui incombait ; dans le second, elle ne peut éviter celui d'avoir toléré des abus criants qu'il était de son devoir de réprimer.

N'est-ce pas là, Messieurs, de la comptabilité occulte ? Et ne devons-nous pas réclamer les mesures les plus énergiques pour faire cesser de semblables abus ?

Nous en avons le droit, au nom des intérêts de la ville, qui sont intimement liés à ceux d'une bonne gestion des affaires.

Vous savez que nous versons annuellement à l'Hospice 15,000 fr. environ pour nos malades indigents, sans compter de 4 à 5,000 fr. de secours à domicile accordés par le Maire pour éviter les entrées à l'Hospice.

Le prix de la journée d'entretien est calculé sur les revenus de l'établissement ; plus il y a d'économie dans l'administration, moins ce prix est élevé, et si l'Hospice avait des revenus suffisants, la ville n'aurait pas besoin d'envoyer à son compte autant de malades ; puis, enfin, la loi défend expressément les comptabilités irrégulières et nous devons tous observer la loi.

Aussi, M. le Maire s'est-il empressé de signaler à la Cour des comptes les faits parvenus à sa connaissance, et qui pouvaient lui faire supposer l'existence d'un plus grand nombre. Il recevait, le 11 juillet 1877, la lettre suivante :

« PIÈCE N° 13. — Monsieur le Maire, M. le premier Pré-
» sident a reçu la lettre, en date du 9 de ce mois, par
» laquelle vous l'informez des faits de comptabilité occulte
» qui existeraient dans la comptabilité de l'Hospice de Bar-
» le-Duc.

» Il me charge d'avoir l'honneur de vous informer que
» votre lettre a été distribuée à un conseiller référendaire
» chargé de l'examen de cette comptabilité et sera placée
» sous les yeux de la Cour.
» Agréez, etc.

    » *Le chef du secrétariat de la Présidence.*

    » Signature illisible. »

Et le 24 juillet 1877, un avis ainsi conçu :

« PIÈCE N° 14. — Monsieur, l'envoi que vous avez fait
» à la Cour, le 19 courant, y est parvenu. La lettre qui en
» fait l'objet sera remise à celui de MM. les Conseillers
» référendaires qui est chargé des comptes de l'Hospice de
» Bar-le-Duc, g. 1874.

    » *Le greffier en chef,*

    » Signé : DUFFEUILLE. »

Nous pensons, Messieurs, que la simple énumération des
faits suffit pour établir dans votre esprit une conviction
profonde. Nous ne nous permettrons pas de commentaires
qui seraient parfaitement inutiles.

La Commission a l'honneur de vous proposer de prendre
la délibération suivante :

« Le Conseil municipal,
» Considérant qu'il ressort clairement des faits établis dans
» le rapport détaillé de la commission nommée pour vérifier
» les comptes de l'Hospice, pendant l'exercice 1876, que des
» ventes provenant du jardinage et de la basse-cour ont été
» effectuées ;
» Que le produit de ces ventes a été perçu, notamment
» par sœur Emmanuel, chargée du service du jardin, sans
» que ce produit puisse être retrouvé exactement sur les
» registres de l'Économe, et sans qu'il soit possible d'en
» expliquer l'emploi, contrairement aux prescriptions for-
» melles de la circulaire ministérielle du 31 janvier 1840 et
» de l'art. 78 du règlement de l'Hospice, qui porte : « *Les*
» *sœurs ne peuvent gérer aucun des biens, ni percevoir aucune*

» *partie des revenus de l'établissement, même lorsque ces reve-*
» *nus sont en nature.* »

» Considérant que des braises provenant de la boulangerie
» de l'Hospice ont été livrées à l'Asile de Fains, notamment
» par sœur Cécile, la supérieure, qui explique qu'elles pro-
» viennent de Piquet, de Vavincourt ;

» Que le sieur Piquet, consulté à cet effet, déclare formel-
» lement le contraire ;

» Que l'argent provenant de cette vente n'a pas été versé
» dans la caisse, et que, de plus, cette vente a été dissimulée
» par l'emploi du mémoire fictif d'un tiers ;

» Considérant que Mme la Supérieure n'a pas suffisamment
» expliqué l'emploi des fonds provenant du travail des indi-
» gentes, fonds qui auraient dû être versés dans la caisse
» hospitalière ;

» Considérant, surtout, qu'il est constaté que des sommes
» énormes s'élevant à plus de 13,000 fr. ont été soldées, par
» traites, sans que le receveur ait pu les porter sur ses livres
» puisque, d'après sa déclaration verbale, il n'en aurait eu
» aucune connaissance ;

» Que ces traites ont été payées par la Supérieure, sœur
» Cécile, pour une somme de 13,356 fr., et par d'autres
» sœurs pour une part de 270 fr. ;

» Que ces faits établissent d'une manière évidente l'exis-
» tence d'une comptabilité occulte dans l'administration de
» l'Hospice civil de Bar-le-Duc ;

» Considérant qu'il est de la plus haute importance, tant
» au point de vue des intérêts de la ville que de ceux de
» l'Hospice, de faire cesser ces regrettables abus et cette
» violation des lois ;

» Considérant que le crédit ouvert au Budget primitif de
» 1877, pour payer les dépenses de pharmacie, porté à
» 6,000 fr., est évidemment insuffisant pour acquitter le
» montant des dépenses de l'exercice 1877 ;

» Après en avoir délibéré,

» Est d'avis, que les comptes de l'exercice 1876 ne peuvent
» être approuvés ;

» Qu'une vérification complète et immédiate de la comp-
» tabilité, non-seulement pour l'année 1876 mais pour toutes
» les années antérieures, à partir de 1868, soit faite par des
» Inspecteurs des finances.

» Décide qu'il y a lieu de prier M. le Préfet d'inscrire

» d'office au budget supplémentaire de 1877, la somme
» nécessaire (12,000 fr. environ) pour faire face à la dépense
» présumée de la pharmacie en 1877, puisque la dépense
» prévue n'est que de 6,000 fr.

» Charge le Maire de faire les diligences nécessaires pour
» qu'une copie du rapport de la Commission soit adressée à
» M. le Président de la Cour des comptes.

» Le charge, également, d'assurer, dans le plus bref délai,
» l'exécution de la présente délibération. »

Le Conseil, après en avoir délibéré, approuve à l'unanimité
la délibération proposée par la Commission, décide que le
rapport sera imprimé et qu'un exemplaire sera adressé au
député rapporteur de la loi sur les hospices.

Fait et délibéré en séance dudit jour, douze décembre mil
huit cent soixante-dix-sept.

Signé au registre : J. J. LAGUERRE, Maire, *Président* ;
BALA, BECKER, BRADFER, CARGEMEL, CHASTEL,
COLLET, COLLIN, DAGET, DELAMAIN, DEVELLE,
FORGET, HORIOT, JACQUET, KRICK, LABROSSE,
LEFEBVRE, MARCHAL, MARCHAND, MOULIN, PETIT-
PRÊTRE et THEVENIN, *Conseillers.*

Pour expédition :

Le Maire de la ville de Bar-le-Duc,

J. J. LAGUERRE.

MÉMOIRE

DE

LA COMMISSION ADMINISTRATIVE DE L'HOSPICE

EN RÉPONSE

AU RAPPORT DE LA COMMISSION MUNICIPALE DE BAR-LE-DUC

chargée l'examen des Comptes de l'Hospice, Exercice 1876.

Nous nous adressons aux hommes de bonne foi de tous les partis ; à tous ceux qui ont lu, sans passion, le rapport présenté à l'ancien Conseil municipal, imprimé et répandu dans la ville.

Nous ne pouvons admettre comme juge un Conseil qui s'est fait accusateur sans entendre les accusés, et nous en appelons directement à l'opinion publique.

Profitant de quelques irrégularités apparentes, consacrées par la tradition et par une expérience de longues années, le rapporteur du Conseil municipal a entrepris une œuvre vraiment courageuse. — Attaquer par la voie de la presse deux femmes, deux religieuses qui ne peuvent se défendre elles-mêmes, *c'est là une œuvre digne d'un esprit généreux et élevé !* Mais bien que laissés intentionnellement au second rang, nous répondrons au nom des Sœurs de Saint-Charles et au nôtre, et nous montrerons à ceux qui voudront bien lire la défense, après l'accusation, de quel côté se trouve l'intelligence des véritables intérêts de l'*Hospice* et de la *Cité !*

Sorti sans ressources de la tourmente révolutionnaire, l'Hospice de Bar-le-Duc est arrivé, grâce à la sagesse de ses administrateurs et surtout au dévouement des Sœurs de

Saint-Charles, à un état réel de prospérité. Non-seulement il a toujours suffi à tous ses engagements, mais il a, en outre, avec ses seules ressources, réalisé d'importantes et coûteuses améliorations. Pour ne citer que les plus récentes, l'Hospice a, sans subvention aucune, agrandi ses dépendances et élevé l'immense corps de bâtiment situé à l'ouest de l'établissement. Il a aussi doté la ville d'un service d'hydrothérapie, dont beaucoup de nos concitoyens apprécient les bienfaits ; le tout représentant une dépense totale de 225,000 francs au moins.

Si les actes se jugent par les résultats, nous pouvons affirmer que l'administration de l'Hospice n'a pas mérité l'attaque injuste dont elle est aujourd'hui l'objet. Et d'ailleurs, les noms des administrateurs qui se sont succédé jusque dans ces derniers temps, — MM. HENRIOT, HERMENT-STEINHOFF, COLLIN-PARISOT, VARIN-BERNIER (père), ROUSSEL-COUCHOT, BAUDOT-HENRY, AUBERT, HANNOTIN-BALBATRE, l'abbé LEFÈVRE, le pasteur PRUVOST; ceux des maires et adjoints qui ont dirigé ces commissions comme présidents : MM. PAULIN-GILLON, TRICHON-SAINT-PAUL, SAINSÈRE, ÉM. MAYEUR, MILLON, HENRY BOMPARD, — ne sont-ils pas à eux seuls la garantie d'une administration intelligente, paternelle et au moins *honnête ?*

La Commission actuelle ne pouvait mieux faire que de suivre les exemples de pareils prédécesseurs. Elle le devait d'autant plus qu'elle avait rencontré dans la Supérieure actuelle de l'Hospice et dans Sœur Emmanuel, des auxiliaires aussi habiles que dévouées.

Abandonnées à leurs inspirations pour la direction de certains services de détail, ces deux sœurs firent merveille, et grâce à une économie ingénieuse et à la suppression de quelques lenteurs administratives, l'Hospice vit ses revenus s'accroître de jour en jour. Le jardin qui, jusqu'à l'entrée de sœur Emmanuel, avait à peine suffi à nourrir les habitants de la maison, devint une source de bénéfice. La pharmacie apporta dans la caisse de l'établissement une somme annuelle importante qui ne pourrait être supprimée sans compromettre la situation. Devant l'évidence des résultats, chacun comprenait qu'il n'y avait qu'à laisser faire, et *M. le Maire actuel de Bar-le-Duc, président de la Commission administrative depuis plusieurs années, soit comme maire, soit comme adjoint, n'a jamais eu l'idée de critiquer la latitude laissée aux*

Sœurs de Saint-Charles. Il a fallu, pour lui ouvrir les yeux, qu'*un transfuge de l'Hospice*, justement renvoyé, vînt lui signaler les *énormités commises* et lui démontrer le péril imminent qui appelait un prompt remède.

Parlons sérieusement et examinons de près cette déplorable affaire, née de la rancune d'un commis.

Nous n'entrerons pas dans le détail des luttes intestines dont l'Hospice est le théâtre depuis plusieurs années, et nous jetterons volontiers un voile sur leur origine. — M. Thiébaut, secrétaire et commis aux écritures de l'Hospice, avait conçu contre sœur Emmanuel, chargée des soins du jardin et de la basse-cour, une haine implacable et juré de la faire partir. En vain, à diverses reprises, entretint-il la Commission administrative et les Supérieures de la Congrégation de Saint-Charles, de ses griefs contre la sœur : il n'arrivait pas à ses fins.

Il choisit, pour faire ses prétendues révélations, un jour où il savait que plusieurs membres seraient empêchés d'assister à la réunion. M. le Maire, ou de sa pleine volonté, ou peut-être sans en avoir conscience, seconda ses vues. En effet, ce dernier, prié de remettre la réunion à un jour ultérieur, s'y est refusé. La même demande lui ayant été faite dans le sein de la Commission, M. le Maire a répondu par un nouveau refus.

L'affaire suit donc son cours. L'accusateur raconte les faits amassés par lui depuis longtemps et qui lui semblent devoir motiver le renvoi de la sœur.

Celle-ci est entendue à son tour, en présence de Mme la Supérieure, et des explications qu'elles donnent l'une et l'autre, il ressort pour la Commission, présidée par le Maire, la conviction que les faits dénoncés sont sans gravité, et qu'ils se sont accomplis d'ailleurs, soit avec la tolérance, soit avec l'autorisation des administrateurs actuels ou de leurs prédécesseurs et dans l'intérêt de l'Hospice. Aussi un premier vote décide-t-il le maintien de sœur Emmanuel dans ses fonctions.

C'est alors que M. Thiébaut intervient et déclare qu'il faut choisir entre sœur Emmanuel et lui.

La Commission hésite, mais elle se dit que les femmes dévouées ne sont pas rares parmi les sœurs de Saint-Charles, tandis que l'on n'improvise pas du jour au lendemain, un commis aux écritures au courant du service, et sous cette impression, par un second vote elle prononce le renvoi de sœur Emmanuel à Nancy.

Ce qu'il est bon qu'on sache aussi, c'est qu'il résulte d'une certaine correspondance avec les Supérieurs de la Congrégation des Sœurs de Saint-Charles, *que l'on se serait tenu pour satisfait du départ de sœur Emmanuel !....* On faisait alors bon marché de toute cette fantasmagorie de comptabilité occulte dont est rempli le rapport municipal, mais dont on se servait déjà comme d'une menace pour le cas où l'on demanderait la révision de la décision prise par la Commission administrative.

La Communauté de Saint-Charles, justement émue du renvoi si brusque d'une de ses sœurs, ne tint pas compte de cette menace, et en suite d'une lettre de M. le Supérieur général, il fut procédé à la nomination d'une Commission d'enquête composée de MM. Tripied, Charles Bompard et Mayeur.

M. le Maire devait-il être président de droit de cette Commission d'enquête ? Évidemment non (n'en déplaise au conseiller-rapporteur, page 7 du *Rapport*). M. le Ministre de l'intérieur, consulté, a donné tort aux prétentions de M. le Maire. (Pièce annexe n° 6).

Froissé de voir son prétendu droit méconnu, M. le Maire a refusé de venir déposer devant la commission d'enquête, se réservant sans doute pour l'enquête occulte dont les documents ont été produits devant le Conseil municipal.

Qu'est-il résulté de l'enquête loyale et sérieuse à laquelle a procédé au grand jour la Commission de l'Hospice ? Le rapport des commissaires enquêteurs (Pièce annexe n° 3) ne laisse subsister aucun doute. Les règles rigoureuses des comptabilités publiques ont pu être quelquefois méconnues, mais sans préjudice d'un centime pour l'établissement, et M. Thiébaut lui-même, dont le témoignage ne peut être suspect, quand il est favorable à l'Hospice, a déclaré devant les commissaires que, *dans sa conviction, sœur Emmanuel n'a rien détourné des fonds de l'Hospice* (sic).

Il est d'autres points peut-être sur lesquels les administrateurs auraient pu porter leurs investigations. Pour n'en citer qu'un seul, le service des enfants assistés, accaparé tout entier par M. Thiébaut, a été laissé dans un état déplorable. On ne peut tout faire, et le temps que M. Thiébaut employait à surveiller ceux qui n'étaient pas soumis à sa

surveillance, il ne le passait pas devant ses registres. La
comptabilité des intérêts pupillaires était en souffrance ; pas
de trace ou trace insuffisante de l'état de l'actif appartenant
aux mineurs ; le plus souvent leurs gages ne sont pas
inscrits au compte de tutelle et l'on ne peut contrôler
l'emploi de leurs fonds. Les arrérages des inscriptions de
rentes en dépôt ne sont pas inscrits aux registres, quelques-
uns restent sans emploi entre les mains de M. Thiébaut.
Quelques titres de rentes et du Crédit foncier n'y figurent pas
non plus. Un titre de 1,200 fr. du Crédit foncier, arrivé à
échéance en juin dernier, n'a pas été touché, et les intérêts
sont perdus pour le pupille. Une grande partie des comptes
des enfants devenus majeurs ne sont pas soldés ou bien ils
portent simplement des signatures sans libellé d'approbation
et de décharge.

La plupart des traités de placement ne sont pas remplis
et ne portent même pas l'indication de la quotité du gage ou
sont dépourvus des signatures des parties contractantes. —
Enfin il n'a été laissé à l'Hospice ni livre de caisse, ni notes
d'aucune espèce, de sorte que l'Administration hospitalière
serait dans l'impuissance de répondre aux réclamations qui
pourraient surgir ultérieurement.

Toutes les irrégularités relevées dans ce service des
enfants assistés ont été signalées à M. l'Inspecteur général,
venu récemment à l'Hospice, de la part du Ministre. Il les
appréciera, et jugera si M. Thiébaut avait tant à se prévaloir
de ce côté là !

La Commission administrative, avec M. Laguerre en tête,
a eu longtemps une confiance absolue en M. Thiébaut, mais
le contrôle rigoureux que les luttes actuelles ont amené n'a
fait que justifier davantage la mesure de renvoi prise par la
Commission dans sa séance du 11 août 1877.

Comment le Conseil municipal s'est-il laissé entraîner à
embrasser la querelle de l'ancien commis révoqué, qui paraît
lui avoir fourni les principaux éléments de son rapport ? A
lire le travail du Conseil municipal, qui semble n'être que
l'écho des rancunes de M. Thiébaut, on croirait que la Ville
est l'ennemie née de l'Hospice !

Il faut au contraire le proclamer bien haut, les intérêts de
la Ville sont absolument liés à ceux de l'Hospice. Si l'établissement de secours est prospère, la Ville a d'autant moins
à dépenser, et si, grâce aux tempêtes soulevées, l'Hospice

est contraint de renoncer à certains revenus, qui donc y suppléera, sinon la Ville elle-même ?

Le Conseil municipal a donc été trompé ; quant à nous, forcés de répondre à de misérables attaques, nous n'entendons pas traiter dans ce travail toutes les infimes questions soulevées par le rapporteur. Nous n'entretiendrons nos lecteurs ni de peaux de lapins ni même de braise.

Le travail des commissaires-enquêteurs de l'Hospice a fait justice de ces misères. Nous relèverons seulement les deux points plus spécialement mis en lumière dans le rapport municipal.

———

DE LA GESTION DU JARDIN DE L'HOSPICE

L'accusation peut se résumer ainsi :

« *Le jardin a produit en 1876, 1,470 fr. qui ont été versés à* » *sœur Emmanuel. Le receveur de l'Hospice n'a touché sur cette* » *somme que 740 fr. Déficit 730 fr., ce qui constitue un fait de* » *la plus haute gravité.* » (Page 6 du rapport municipal.)

Ce qui veut dire en bon français que sœur Emmanuel a volé, en 1876, 730 fr. à l'Hospice.

L'honneur d'une sœur de charité pèse donc bien peu dans la balance du rapporteur et de M. le Maire lui-même ! Qu'a-t-il fallu pour motiver leurs convictions et les autoriser à une accusation *si hautement grave ?*

Voyons les documents mis sous les yeux du public :

C'est d'abord un certificat signé Lallement et qui constaterait qu'en 1876, il a vendu environ pour 1,160 fr. de légumes et fruits provenant du jardin « 20 *fr. en moyenne* » *pour les jours de marché et 10 fr. en moyenne pour la vente* » *en ville les autres jours, le tout pendant une durée de trois* » *mois* ». Or, Lallement ne sait *ni lire ni écrire* et il dessine péniblement sa signature. Quel degré de confiance mérite ce *document ?* L'honnête Lallement proteste aujourd'hui contre l'interprétation que l'on a pu donner à ses paroles. Les tournées de sa femme, en ville, ne rapportaient souvent que 3 fr., 4 fr., 5 fr. Ces tournées même n'étaient pas toujours régulières, et en citant les chiffres de 10 fr. et de 20 fr., et une seule fois de 40 fr., il n'a entendu, dit-il, indiquer qu'un maximum atteint accidentellement, mais non une moyenne comme l'affirme le prétendu certificat qu'il a signé. Il a déclaré de plus que ses recettes n'étaient pas le produit exclusif des légumes fournis par l'Hospice, mais bien aussi celui d'autres légumes qu'il achetait ailleurs pour compléter son assortiment. Lallement est prêt à attester la vérité de ce qui précède *et à démentir l'interprétation donnée à ses paroles.*

Dans sa précipitation, le rapporteur a compté pendant 3 mois de vente, 26 jours à 20 fr. et 64 jours à 10 fr., sans omettre un *seul jour*, un *seul*, *pas même le dimanche* ; quelle bonne foi ! Il a aussi oublié, en supputant le produit des ventes de Lallement, de déduire du total de ces ventes la commission de 2 fr. par jour qui lui était payée et les 10 centimes par franc qu'il touchait en outre. De ce chef, les 1,160 fr. se trouvent déjà réduits à 864 fr. Mais on ne calcule pas si minutieusement quand il s'agit de flétrir des adversaires !

Pour compléter le chiffre de 1,470 fr., le rapporteur produit un certificat de Mme Deliau dont les énonciations ne font aucun doute pour lui, et qui constaterait que cette dame a, de son côté, vendu en 1876 des produits du jardin pour 250 fr. Il a la naïveté d'ajouter que Mme Deliau a dit le contraire devant la commission d'enquête de l'Hospice. Mais l'accusation ne perdant jamais ses droits, la déposition favorable est laissée de côté ; le certificat défavorable de Mme Deliau est admis comme un document sérieux, et de ce chef, voilà sœur Emmanuel responsable de 250 fr. de plus par an. De ce côté encore, le rapporteur municipal verra tourner à sa confusion le certificat imposé à Mme Deliau qui proteste énergiquement contre la *teneur* de ce certificat et contre *les moyens* dont on s'est servi à son égard en cette circonstance.

Enfin, le sieur Richelet, ancien jardinier de l'Hospice, croit pouvoir déclarer que l'on vendait les produits du jardin pour 1,400 fr. environ par an !... Or, Richelet n'est plus à l'Hospice depuis longtemps, il n'a jamais touché ni dépensé un sou pour le jardin, il n'a pris aucune note pouvant servir ses souvenirs ; n'est-il pas bien étrange qu'il arrive ainsi, sans hésiter, à préciser ce chiffre de 1,400 fr. auquel le rapporteur n'arrive qu'en forçant à l'excès les chiffres, et en négligeant les remises payées aux vendeurs sur le produit de leurs ventes ?

Pour en finir avec ces affirmations sans preuves, nous ne devons pas oublier un dernier fait relevé dans le procès-verbal de la séance du 11 août 1877, où a été décidée la révocation du sieur Thiébaut. Il a été établi par la déposition du sieur Payen, jardinier actuel, *que M. Thiébaut lui avait présenté une pièce en le priant de la recopier et de la signer, et que Payen l'avait fait complaisamment.*

Voilà où mène le système des enquêtes secrètes auxquelles l'accusé, principal intéressé, n'est pas appelé pour contrôler la véracité des dépositions faites contre lui.

Tout lecteur impartial reconnaîtra donc qu'il faut réduire de beaucoup ce chiffre de 1,470 fr. Mais, dira-t-on, la question ne change pas : — où passait la différence existant entre le chiffre réel des ventes et celui des sommes versées au receveur? Sœur Emmanuel a répondu qu'elle payait avec cette différence diverses dépenses du jardin : les sarcleuses, les éplucheuses de légumes, etc.

Le rapporteur municipal ne se laisse pas prendre à cette réponse. Il produit (page 8 du *Rapport*) un état des dépenses ordinaires, n° 46, duquel il résulte, d'après lui, que l'Econome *payait toutes les dépenses* directement, et que dès lors sœur Emmanuel a menti en disant qu'elle employait les fonds à payer les sarcleuses.

Or, en lisant attentivement l'état n° 46, nous y voyons le sarclage figurer uniquement pour 130 heures à 0 fr. 15 c., soit : 19 fr. 50 c. ; — d'où il résulte, toujours d'après le rapporteur municipal, que le jardin de l'Hospice coûte annuellement 19 fr. 50 c. pour sarclage, nettoyage des légumes et autres menus travaux.

Et comme le jardin de l'Hospice, merveilleusement entretenu, a environ *un hectare* de superficie, cela met l'entretien d'un are de jardin à 0 fr. 19 c. par an ou une heure et quart de travail.

Si le rédacteur du rapport est herboriste (ce que nous soupçonnons un peu), il sera le premier à reconnaître qu'il s'est assez spirituellement moqué du Conseil municipal de Bar-le-Duc. En faisant appel à ses connaissances botaniques, nous lui demanderons si, à son avis, le jardin de l'Hospice peut coûter moins de 200 fr. à 300 fr. par an pour l'enlèvement des mauvaises herbes et le nettoyage des légumes. Or, sœur Emmanuel n'a jamais dit autre chose. Elle croit qu'elle opère plus économiquement, et mieux, en faisant faire elle-

même ce travail journalier par de pauvres gens qu'elle
surveille, et elle pense qu'il est inutile de coucher tout ce
détail de mauvaises herbes sur les registres de l'Econome.

En 1874, les faits relevés par le rapport municipal se sont
passés de la même manière. On a perdu la trace de 200 fr.
dont sœur Emmanuel a expliqué l'emploi, notamment
par les paiements faits aux sarcleuses, et le compte de
l'Econome ne porte comme dépense de sarclage que 20 fr. 75.
L'insuffisance manifeste de ce chiffre a échappé également
à la clairvoyance du rapporteur.

L'exploitation du jardin était faite, en cette année 1876
discutée par le rapport municipal, par deux jardiniers et
leur auxiliaire Hubert. Ce dernier est employé simultané-
ment comme chauffeur de l'établissement hydrothérapique
et des calorifères, et comme aide au jardin où il est occupé
à bêcher et à arroser. — Ses journées, inscrites sous l'article 46, ne concernent pas du tout l'esherbage, pas plus que
celles du sieur Main, employé au bûcher.

Enfin, faut-il parler de cette mise en scène à laquelle le
rapporteur tient beaucoup, de ces sorties mystérieuses de la
brouette aux légumes par la porte de derrière? On se cachait
donc de Thiébaut? Certainement on se cachait de Thiébaut,
et l'on avait bien raison; on ne s'en cachait même pas assez.
*Car cet employé fureteur, qui passait beaucoup plus de temps à
compter les choux et les carottes du jardin qu'à tenir ses registres
au courant*, était depuis longtemps et pour un motif qu'il ne
serait pas séant de rappeler ici, l'ennemi avoué de sœur
Emmanuel.

On se défiait de lui et on employait la petite porte de derrière pour éviter tous prétextes à ses suppositions malveillantes. Au lieu de faire sortir les légumes par la petite porte,
*on aurait dès lors mieux fait de le faire sortir, lui Thiébaut, par
la grande !*

En résumé, la Commission a toujours observé avec les
sœurs de Saint-Charles l'esprit du traité passé avec leur
congrégation, où il est dit qu'elles seront traitées comme les
filles de la Maison, c'est-à-dire comme des filles dans la maison
de leur père.

La Commission de l'Hospice n'a jamais eu qu'à se féliciter
de cette confiance réciproque, surtout avec sœur Emmanuel.
Avant elle, le jardin ne produisait rien au-delà de la consommation intérieure ; aujourd'hui il rapporte, bon an,

mal an, environ 700 fr. (déduction faite du salaire des esherbeuses et éplucheuses de légumes) et approximativement autant en plantes médicinales fournies à la pharmacie.

Donc sœur Emmanuel est une grande coupable : voilà la conclusion du rapporteur municipal.

C'est ainsi qu'on interprète les meilleures intentions, qu'on torture les faits les plus simples et qu'on les présente au public !

Est-ce honnête ?

Nous ne faisons que toucher du doigt à la question de la braise relevée dans le rapport municipal. — Ici encore, M. Piquette désavoue le certificat que *M. Thiébaut lui a fait signer !*

Nous en avons la preuve entre les mains.

Voilà la valeur des documents dont s'étaie ce fameux rapport.

DE LA GESTION DE LA PHARMACIE

La pharmacie occupe une large place dans le rapport municipal et y est prise à partie d'une façon fort équivoque : les interprétations les plus perfides s'y coudoient avec des chiffres artificieusement alignés.

Les personnes qui savent lire entre les lignes ne se trompent pas sur la provenance de ce chef-d'œuvre municipal et mettent aisément le doigt sur l'auteur de cette attaque.

N'est-ce pas ici le cas de dire : *Is fecit cui prodest* (Traduction libre : Vous êtes orfèvre, Monsieur Josse).

On ne peut en effet trouver d'autre mobile que l'intérêt privé dans cette lutte engagée contre l'institution éminemment charitable de la pharmacie de l'Hospice, qui rend à la population ouvrière de cette ville des services incontestables et de toute nature. Cette lutte est dissimulée sous le nom de comptabilité occulte, mais en réalité elle ne tend à rien moins qu'à faire tomber la pharmacie de l'Hospice, sans souci des intérêts hospitaliers et surtout des intérêts municipaux. — Les adversaires intéressés n'aboutiront qu'au seul résultat de grever le budget de l'Hospice de quelques mille francs pour la rétribution d'un pharmacien diplômé. Mais, par suite, la pharmacie aura une existence légale ; c'est ce que nous tenons à faire savoir à qui de droit. On verra plus loin qu'il ne peut pas être indifférent ni à l'Hospice ni à l'administration municipale de voir supprimer la pharmacie, uniquement en vue de donner satisfaction à M. le Rapporteur de la Commission municipale !..................

Nous venons de le dire, on donne à la campagne entreprise un prétexte assez habile. — On parle de comptabilité occulte, on invoque le respect de la loi, et si le mot de détournement n'est pas prononcé, on s'arrange de manière à faire supposer la chose.

Il faut admirer la bonne foi avec laquelle le rapporteur groupe ses chiffres. — Pour arriver à établir le chiffre total des acquisitions de médicaments faites par l'Hospice, il trouve fort ingénieux d'y faire figurer :

1° Une traite de 37 fr. 20 c. sur une sœur Eugénie tout à fait inconnue à l'Hospice ;

2° Et deux traites de Marjevols de 447 fr. 05 c. sur les sœurs de Saint-Charles, pour le prix de l'étoffe d'escot, dont elles font leurs robes.

Le rapporteur arrive ensuite, au moyen d'un double emploi de traites s'élevant à 2,229 fr. 85 c., — à démontrer que l'Hospice a acheté, en 1876, des médicaments pour 17,500 fr. environ, tandis que, au budget, comme au compte de M. le Receveur de l'Hospice, les recettes ne figurent que pour 6,000 fr., et la résultante serait que les 11,000 fr. ou 12,000 fr. restants auraient été affectés à *une soi-disant œuvre pie.*

Cette dernière supposition a couru la rue, et ni M. le Maire ni l'ancien commis aux écritures n'ont protesté contre une pareille injure ! — La main bien connue qui a corrigé à la plume le rapport municipal a perdu là une belle occasion de rendre à la fois témoignage à la vérité et à la justice.

Cette lacune va être comblée par nous, et l'exposé suivant élucidera la question de la pharmacie de façon à satisfaire les justes exigences d'un public odieusement trompé.

On verra figurer en dépense, en 1876, non pas 17,500 fr., mais bien 18,572 fr. 10 c. De ce côté-là comme partout ailleurs, l'attaque se trouve encore en défaut. — Nous l'avons déjà dit plus haut, il faut un courage rare pour jeter ainsi d'injurieux soupçons à l'adresse d'une sœur que le dévouement le plus désintéressé enchaîne au poste de la charité, et qui ne recueille en retour que l'injure gratuite de ceux-là mêmes dont la considération et le respect devraient lui être si légitimement acquis.

En remontant seulement à l'époque de l'entrée en fonctions de sœur Catherine, qui est chargée de l'office de la pharmacie depuis la mort de sœur Tharsile, on trouve les résultats suivants, d'après les écritures tenues jour par jour :

Excédants en Recette.

			Excédants en Recette
Année 1872. Recettes en espèces 16.487 »			3.734 »
Dépenses (1)....... 12.753 »			
Année 1873. Recettes en espèces...........	19.771 »		4.300 »
Dépenses.................	15.471 »		
Année 1874. Recettes en espèces 22.410 »			4.776 56
Dépenses......... 17.633 44			
Année 1875. Recettes en espèces..........	24.625 »		6.087 60
Dépenses...................	18.537 40		
Année 1876. Recettes en espèces 24.000 »			5.427 90
Dépenses 18.572 10			
Année 1877. Recettes en espèces..........	23.265 »		6.121 10
Dépenses...................	17.143 90		
		BÉNÉFICE TOTAL..........	30.447 16

Ces excédants figurent intentionnellement au budget et au compte de M. le Receveur, sous le titre de : *Recettes des troncs*, au lieu de cet autre titre : *Bénéfices réalisés par la pharmacie*. C'est, qu'en effet, depuis de longues années, pour éviter qu'un bénéfice important ne tente l'hostilité des concurrents et ne provoque le retour des oppositions et récriminations qui se sont produites anciennement, les sommes inscrites au budget, sous la rubrique *Pharmacie*, ne présentent que des chiffres de recettes et de dépenses s'équilibrant ou à peu près.

Quant aux bénéfices réalisés par la vente au public, ils sont versés au fur et à mesure dans le tronc des aumônes et

(1) Les dépenses sont faites par la Sœur, soit en espèces, soit en paiements de traites. — On procède ainsi depuis que la pharmacie existe. — Voilà ce qui est incriminé; mais alors il faut prendre à partie les Commissions administratives antérieures et ne pas faire peser ce reproche sur la Commission actuelle qui n'a fait que suivre les traditions de ses devanciers.

de là remis au receveur sous la désignation suivante :
« *Recette des troncs*. » Quoi de plus simple et de plus inoffensif ?

Depuis 1872, grâce à ces versements continuels, les troncs
ont produit :

Année 1872.............	6.235 15	
— 1873..............	4.367 80	
— 1874..............	5.668 15	36.356 78
— 1875..............	5.574 87	
— 1876..............	8.314 56	
— 1877..............	6.196 25	

Les excédants de recettes en espèces étant
comme on vient de le voir, de francs.......   30.447 16

Différence, 5,909 fr. 62 c., provenant de
libéralités faites par des bienfaiteurs incon-
nus, ci 5.909 62

dont la moyenne ou le sixième est de
984 fr. 92 c. par an..................   984 92

Les précautions les plus minutieuses entourent d'ailleurs
ce mouvement de fonds. La clef du tronc est entre les mains
du maire de la ville et l'ouverture a toujours lieu à l'issue
des séances, en présence des Membres de la Commission.
La constatation des espèces se fait dans le corps même de la
délibération et par un procès-verbal ou pièce comptable
remise au receveur qui prend ainsi charge des fonds. C'est
un mode de procéder traditionnel depuis un grand nombre
d'années et qui n'est plus suivi aujourd'hui. Si c'est là de la
comptabilité occulte, il faut avouer qu'elle ne l'est que pour
ceux qu'elle ne regarde pas.

Comment donc, à la lecture du rapport municipal, M. le
Maire ne s'est-il pas levé pour apprendre à ses collègues,
qui paraissaient l'ignorer, le secret de ce prétendu mystère ?
Comment a-t-il pu consentir à livrer à la publicité, revêtu
de sa signature, un document offrant au public les suppositions les plus injurieuses et qu'il pouvait détruire d'un mot ?

Nous n'avons pas à qualifier ce silence, mais nous pensons
que M. le Maire, détenteur encore à l'heure actuelle de la
clef du tronc mystérieux, qui sait d'où provenaient les fonds
déposés dans ce tronc, eût bien fait d'apprendre au Conseil
la façon dont les choses se passaient avant son concours, et
il eût évité ainsi le lourd pavé que le rapporteur destinait à
d'autres, et qui retombe sur la tête du magistrat municipal.

Pour mieux faire apprécier tous les services que rend la pharmacie, il convient de faire entrer, en ligne de compte, d'autres éléments.

On vient de voir que l'excédant des recettes en espèces, de 1872 à 1877 s'élève à 30,447 fr. 16 c., soit une moyenne annuelle de.............................. 5.074 »

La moyenne des recettes effectuées directement par le receveur, pour les fournitures faites au bureau de bienfaisance, à la ville de Bar, aux services de la maternité, des enfants assistés, etc., est de .... 4.126 »

La consommation intérieure de l'Hospice, pour environ 80 malades disséminés dans tous les services sur une population de 250 personnes, évaluée à 0 fr. 30 c. par malade (1), donne une moyenne annuelle de .... 8.760 »

Partant, le revenu de la pharmacie peut être évalué, bon an, mal an, au chiffre de ... 17.960 »

Que cette importante source de revenus vienne à disparaître, la Commission administrative ne se verrait-elle pas réduite à la dure nécessité de diminuer, dans une proportion affligeante, le nombre déjà trop restreint des lits qu'elle peut offrir aux indigents malades et aux pauvres vieillards ?

Est-ce que la gravité d'une telle situation ne devrait pas frapper davantage M. le Maire et le Conseil municipal que quelques irrégularités plus apparentes que réelles ?

Mais ces bénéfices, si considérables qu'on les juge, sont loin de représenter tous les services rendus par la sœur de la pharmacie. Il en est qui ne s'estiment pas au poids de l'or et qui se renouvellent sans cesse, à toute heure, sous sa main dévouée et charitable. Qui n'a vu se presser autour d'elle, pour recevoir ses soins, les blessés, les infirmes, les malades de tout âge, de toute condition, et n'a pas admiré sa patience, sa sérénité, disons le mot, son héroïsme à panser tant de maux, souvent les plus répugnants ? Ne trouve-t-on pas, du reste, le même dévouement dans toutes les sœurs de Saint-Charles, soit dans les divers offices de la Maison, soit en ville, partout où il y a une misère à secourir, une douleur à soulager ?

(1) Le chiffre considérable de la dépense en médicaments au Bureau de bienfaisance et à la Société de secours mutuels justifie surabondamment la moyenne que nous adoptons pour l'Hospice.

Depuis plus de *cent soixante ans*, elles se succèdent ainsi dans notre ville, se dévouant, souvent jusqu'au sacrifice de leur santé et de leur vie, au service des affligés et des pauvres !

DE LA RÉPARTITION DES LITS DE L'HOSPICE

Il est enfin une troisième question qui a été agitée dans le sein du Conseil municipal et qui est passée sous silence dans le *Rapport* imprimé, bien que son importance fût supérieure à celle de la question de braise et de peaux de lapins, si scrupuleusement traitées dans ce *Rapport*, et aussi bien à celle d'un achat de saindoux que M. le Maire a pris la peine de contrôler lui-même. Nous n'avons pas les mêmes motifs de la passer sous silence, et nous l'abordons carrément.

Aux termes du règlement intérieur, l'Hospice prend à sa charge, sur ses ressources propres, un certain nombre de lits destinés à des indigents malades (en sus des lits des vieillards des deux sexes et de ceux de la Maternité) *sans aucune subvention de la Ville* — et la Ville paie seulement les journées des malades admis par le maire lorsque tous les lits à la charge de l'Hospice sont occupés.

Or, depuis quelque temps, M. Thiébaut, commis aux écritures, chargé par le règlement de la comptabilité des commensaux de l'Hospice (Pièce-annexe n° 5), se laissait aller, à l'encontre des intérêts de la Ville, à des irrégularités de comptabilité fort regrettables, à l'insu de la Commission administrative, qui lui avait accordé trop de confiance.

Si la vigilance de la Commission s'est trouvée sur ce point en défaut, M. le Maire peut-il, de son côté, se justifier de l'absence d'un contrôle sérieux ? N'était-il pas plus obligé que tout autre de veiller aux intérêts dont l'administration lui est confiée ? Comment donc, depuis plusieurs années, M. le Maire a-t-il, sans mot dire, laissé la Ville payer le surcroît d'imposition mis à sa charge par le fait exclusif de M. Thiébaut, qui faisait si bon marché des *finances municipales* ? Comment ne pas s'étonner, après cela, que M. Thiébaut jouisse encore aujourd'hui de la confiance de M. le Maire ?

On a parlé d'une revendication s'élevant à un chiffre important que l'Administration municipale aurait à exercer contre l'Hospice : mais il y a ici encore une évidente exagération.

Cette revendication, si tant est qu'elle s'exerce, serait relativement de peu de chose.

M. le Maire n'ignore certainement pas que, par suite de réductions successives, le nombre des lits de malades à la charge de l'Hospice n'est plus que de 16 au lieu de 23. Si sa mémoire était en défaut, il pourrait consulter une délibération du Conseil municipal du 15 juin 1872, qui établit péremptoirement que cette situation était connue de tout le Conseil et depuis longtemps. Après le départ de M. Thiébaut, le maximum a été constamment porté à 18, à titre de compensation.

Et maintenant, que conclure de tout ceci ? — A quoi aboutissent tout ce bruit, tout ce scandale, tous ces efforts d'une coalition dont le but n'est pas assez voilé ?

L'honneur des Sœurs de Saint-Charles, violemment attaqué, reste au-dessus de tout soupçon, — et le public admettra difficilement que quelques irrégularités de forme administrative aient mérité tout ce tapage.

Quant à M. le Maire de Bar-le-Duc, principal auteur de cette campagne, c'est vainement qu'il tenterait de faire oublier la part dominante qu'il a prise à la gestion de l'Hospice comme président de la Commission administrative. A-t-il fait une seule observation sur le système administratif adopté ? A-t-il fait entendre une protestation quelconque ?

JAMAIS !

Le public a sous les yeux les pièces du procès, nous attendons avec une pleine confiance son verdict.

ANNEXE N° 1

Séance du 1ᵉʳ Février 1878

La Commission administrative de l'Hospice de Bar-le-Duc s'est réunie aux jour et lieu ordinaires de ses séances.

Étaient présents : MM. Yvon-Baudin, *vice-président* ; l'abbé Tripied, archi-prêtre de Notre-Dame, Ch. Bompard, Robineau et Ch. Mayeur.

M. le Vice-Président communique à la Commission un exemplaire imprimé du rapport de la commission municipale chargée de l'examen des comptes de 1876 et du budget supplémentaire de 1877.

Ce rapport a été distribué en ville, et il est au moins étrange que la Commission administrative de l'Hospice qui s'y trouve attaquée d'une façon aussi insolite qu'offensante n'en ait pas été saisie, non plus qu'aucun de ses membres.

La Commission administrative, attaquée publiquement, a le devoir de répondre aussi publiquement, et elle donne son approbation unanime au mémoire qui lui est présenté par M. Yvon-Baudin, son vice-président, et qui sera imprimé et distribué en ville.

Elle regrette sincèrement d'être obligée de suivre des adversaires implacables dans l'arène, mais son honneur l'exige et surtout elle se doit à elle-même de couvrir de sa protection l'honorable Congrégation des sœurs hospitalières.

Ce mémoire sera transcrit *in extenso* sur le registre des délibérations.

Fait et délibéré, les jours, mois et an susdits.

Signé : Yvon-Baudin, *vice-président* ; l'abbé Tripied, Ch. Bompard, Robineau et Ch. Mayeur.

ANNEXE N° 2

HOSPICE CIVIL DE BAR-LE-DUC

COPIE DU RAPPORT

de la Commission d'enquête nommée le 6 Juillet 1877

MESSIEURS,

Je viens, au nom de la Commission d'enquête que vous avez nommée dans votre séance du 6 juillet dernier, vous soumettre le résultat de ses travaux, et, je l'espère, faire pénétrer dans vos esprits et vos consciences la même conviction que nous avons nous-mêmes. Sur les faits que nous avons étudiés, nous avons dû apporter d'autant plus de soins dans l'accomplissement de notre tâche que la question était plus sérieuse et plus complexe ; car, Messieurs, il ne s'agit pas seulement, comme on pourrait le croire au premier abord, d'une critique suivie d'une répression sévère exercée contre un des membres de la communauté de Saint-Charles : l'attaque s'adresse à la communauté tout entière dans la personne de son chef immédiat, à l'administration intérieure et à ceux qui ont l'honneur d'apprécier et de contrôler les actes des principaux fonctionnaires de l'établissement ; tout le monde y trouve sa part.

Cette affaire a eu un grand retentissement autour de nous ; la malveillance aidant, on a mis en avant qu'il y avait une comptabilité occulte, c'est-à-dire une comptabilité cherchant à dissimuler l'emploi de fonds destinés à un usage particulier et qu'on aurait appliqués à des besoins autres que ceux de cet établissement hospitalier. On a répété que l'administration, qui connaissait, ou du moins laissait faire ces faits blâmables, y prêtait les mains. Que sais-je encore ! On a dit une foule d'autres choses qu'il est superflu de reproduire ici.

Votre Commission, justement émue de toutes ces rumeurs, a dû nécessairement apporter, dans l'examen de ces faits, la sévérité la plus scrupuleuse. Elle a consacré six longues séances, s'entourant de tous les renseignements possibles, puisés aux sources les plus diverses, interrogeant toutes les personnes qui pouvaient éclairer sa religion, et, je puis le dire avec une conviction profonde, elle n'a rien livré au doute ni à l'incertitude. Aussi vient-elle avec confiance devant vous, vous soumettre ses appréciations et répandre sur cette importante affaire la lumière la plus éclatante.

Passons à l'examen des faits ou, pour mieux dire, de l'accusation.

Le principal instigateur de ces attaques est M. Thiébaut, commis aux écritures et secrétaire de la Commission administrative ; sa déposition, que vous trouverez ici, porte sur 12 chefs principaux, que nous allons examiner successivement.

PREMIER CHEF

« *Dans le courant de 1874, M. Thiébaut a constaté une diffé-*
» *rence de 200 fr. environ entre les sommes versées dans les*
» *mains du Receveur et les renseignements qui lui avaient été*
» *fournis.*
  » *Cette constatation repose sur le compte produit par la femme*
» *Froment. Cette différence de 200 fr. comprend également le*
» *produit de la vente des légumes faite par Mme Déliau.* »

M. Harpin, économe de l'Hospice, invité à donner des explications, a répondu :

M. HARPIN affirme que c'est seulement depuis la gestion de sœur Emmanuel que le jardin donne des produits de vente au dehors, *qui s'élèvent à mille francs environ*, constatés par les livres de l'économe. M. Harpin ne sait pas si le compte produit par Mme Froment, et sur lequel repose la critique de M. Thiébaut, est exact. En tous cas, en admettant que la totalité de l'argent perçu par Mmes Froment et Déliau n'ait pas été versée dans la caisse de l'Hospice, il affirme que les femmes de journée, occupées par sœur Emmanuel à l'ésherbage du jardin, *ont été payées par la sœur avec le produit de la vente des légumes*, et que cette somme de 200 fr., relevée par M. Thiébaut à la charge de sœur Emmanuel, a nécessairement été prélevée pour le paiement des femmes de journée et à l'acquisition de différents replants nécessaires au jardin. Avant sœur Emmanuel, aucun produit du jardin n'était vendu ; tout était consommé par l'établissement.

M. HARPIN déclare en outre qu'il a souvent vu donner des gratifications à des malades convalescents pour divers services rendus à l'établissement.

Déposition de sœur Emmanuel.

En 1874, le jardin a donné des produits plus considérables que les années précédentes, les ventes à l'extérieur se sont par conséquent élevées à une somme plus importante. Comme conséquence de cette plus grande production du jardin, il a fallu employer un plus grand nombre de personnes pour nettoyer et éplucher les légumes.

C'est la sœur Emmanuel qui payait ces ouvriers ou ouvrières — ceci explique qu'il est entré dans la caisse du receveur une somme moindre que celle qui aurait pu être versée. Il y avait encore cette année un plus grand nombre d'esherbeurs qui ont été payés par sœur Emmanuel avec le produit de la vente des légumes. — De son côté l'économe a payé quelques-uns de ces journaliers, autant que les souvenirs de sœur Emmanuel lui permettent de l'affirmer. Ces faits étaient connus des différents administrateurs-ordonnateurs de dépenses, depuis M. Herment-Steinhoff jusqu'à ce jour, et ils n'ont vu dans cette manière d'agir de sœur Emmanuel que le moyen de servir le plus utilement possible les intérêts de l'Hospice.

La femme DÉLIAU interrogée, à titre de renseignement, par la Commission, déclare qu'elle a vendu quelques légumes depuis 3 ans pour le compte de l'Hospice, que ces légumes avaient très-peu de valeur et que toute autre personne que sœur Emmanuel n'aurait pas songé à vendre.

Mme FROMENT, interrogée aussi à titre de renseignement, dépose que pendant les années 1874 et 1875 elle a vendu des légumes de toutes sortes pour le compte de l'Hospice. Elle n'a jamais eu qu'à se louer de ses rapports avec sœur Emmanuel. Quand M. Thiébaut est venu chez elle pour prendre copie des notes qu'elle tenait pour la vente des légumes, il a allégué *qu'il avait une erreur de 10 fr. dans sa caisse et qu'il venait chez elle pour chercher cette erreur.* M. Thiébaut a copié les notes de Mme Froment, lesquelles n'existant plus, rendent tout contrôle impossible.

Mais admettons un instant que l'allégation de M. Thiébaut soit prouvée (ce qui n'est pas) s'ensuit-il que les 200 fr., trouvés par ses supputations personnelles, aient reçu une destination autre que celle qu'ils devaient avoir? et qu'il y ait là un abus très-regrettable et très-préjudiciable aux intérêts de l'Hospice — s'ensuit-il que l'on saisirait là les traces de cette comptabilité occulte dont on fait tant de bruit? Nous ne le croyons pas.

L'explication très-simple et très-nette de sœur Emmanuel, sur l'emploi des fonds provenant de la vente des légumes dont une partie n'était pas versée dans la caisse de l'Hospice, ne laisse subsister aucun doute dans les esprits.

Ces 200 fr., dit-elle, je les ai employés à payer les femmes de journée que j'occupais à esherber et à éplucher les légumes, je les employais à donner des gratifications, des encouragements à des convalescents qui venaient travailler quelques heures au jardin, je les employais aussi à acheter quelques replants dont j'avais besoin — je faisais tout cela au su et au vu des membres de la Commission.

Comment donc admettre que sœur Emmanuel chargée du service le plus important de l'Hospice, qui jouissait de la confiance de ceux qui l'avaient vue à l'œuvre sachant qu'elle était incapable de détourner un centime de sa véritable destination, ne pouvait pas avoir par devers elle une certaine somme flottante pour pourvoir aux plus pressants besoins de son service, pour donner à l'un vingt centimes, plus à d'autres, selon que chacun avait été occupé au jardin plus ou moins de temps? Exiger que sœur Emmanuel versât intégralement dans la caisse de l'Hospice les sommes provenant de la vente des légumes, sans conserver pour son service journalier de tous les instants les sommes qui lui étaient indispensables ; que, pour payer chaque jour les ouvriers qu'elle occupait au jardin, elle fût obligée d'avoir recours aux lenteurs inévitables de la comptabilité, c'était entraver son service, sans profit aucun pour l'Hospice, c'était à son égard un acte de méfiance qu'elle ne méritait nullement. C'est pour cette raison que les différents administrateurs qui se sont succédé depuis longtemps ont sanctionné la gestion de sœur Emmanuel, comme vous la sanctionnerez vous-mêmes dans votre âme et conscience.

DEUXIÈME CHEF

« En 1874, l'aide-jardinier a conduit, chez M. Becker, deux » sacs de sel. Une note de M. Becker constate qu'il a reçu dans » la même année de 6 à 800 kilogrammes de sel, à 8 fr. les » 70 kilogrammes. Cette somme n'a pas été versée dans la caisse » du receveur. »

La sœur Emmanuel reconnaît, qu'en 1874, elle a vendu du sel provenant des salaisons, à M. Becker, de même qu'elle en a vendu chaque année, selon qu'elle en avait plus ou moins à vendre. Mais elle affirme, avec la plus grande énergie, que jamais elle n'a distrait la plus petite somme de sa véritable destination, c'est-à-dire du paiement des journaliers et ouvriers de toute nature qu'elle occupait. Cette différence dans l'importance de la vente du sel provient des différents besoins de la maison, tels que l'emploi du sel pour la culture des asperges ou la nourriture des porcs.

Ces explications de sœur Emmanuel ont paru suffisantes à votre Commission d'enquête, en les rapprochant de celles données pour les légumes et surtout en tenant compte que la note fournie par M. Becker n'offre pas un caractère de complète certitude. En effet, ce négociant, en fournissant sa note, déclare que cette vente de sel ne figure pas sur ses livres, et que la somme par lui versée a été prélevée dans sa bourse particulière. Nous devons ajouter encore que cette vente de sel a eu lieu précisément la même année où le jardin a plus produit et où les journées des ouvriers occupés au jardin ont été plus multipliées.

TROISIÈME CHEF

« M. Thiébaud constate une différence de 494 choux-fleurs » et 84 melons dont la destination n'est pas indiquée par les » états. »

A cet égard, la déposition de M. Payen, jardinier de l'Hospice, est péremptoire, et dispense votre Commission de tout commentaire.

Voici, en effet, comment Payen s'explique :

Le sieur PAYEN déclare : que le certificat d'abord a été écrit de la main de M. Thiébaut, pour être ensuite recopié par lui, — qu'il l'a signé complaisamment, — que les melons et les choux-fleurs ont été comptés par M. Thiébaut, seul, sans qu'il en ait fait la vérification après lui, — qu'il ne sait pas si ces quantités sont exactes. Il déclare, en outre, n'avoir jamais eu à se plaindre des procédés de sœur Emmanuel à son égard. Payen déclare avoir vu souvent sœur Emmanuel payer les femmes de journée. Il déclare, en outre, que cette année 1877, sur dix couches de choux-fleurs, il en a récolté environ 380, et que sur onze couches de melons, il existe en ce moment 350 melons formés, petits ou gros.

En 1875, il y avait le même nombre de couches de choux-fleurs et de melons. Il n'a pas compté la quantité de choux-fleurs ni de melons récoltés cette année, il se rappelle qu'il n'y a eu que les choux-fleurs de couches qui soient parvenus à maturité, ceux de pleine-terre ont généralement avorté.

QUATRIÈME CHEF

« *En 1875, de la braise a été fournie (60 kilogrammes* » *environ) par l'Hospice à l'asile de Fains, on a eu recours à* » *l'intervention d'un tiers (M. Collesson-Lachambre) pour* » *produire le mémoire et acquitter le mandat; en 1876, même* » *fait s'est reproduit de la même façon (40 kilogrammes* » *environ), le prix de la braise était de 0 fr. 10 c. par* » *kilogramme.* »

Cette accusation atteint aussi bien directement Mme la Supérieure, sœur Cécile, que sœur Emmanuel.

Voici la déposition de Mme la Supérieure :

En 1875, Mme LA SUPÉRIEURE déclare que le même jour et au même fournisseur, il y a eu deux achats de braise ; le premier reçu a été payé par l'Économe, le second a été fait par elle sur les instances pressantes du voiturier qui en était très-embarrassé. Ce second achat a été fait par Mme la Supérieure elle-même et payé par elle avec l'argent qu'elle avait à sa disposition.

Quelque temps après, les sœurs de l'hospice de Fains sont venues prier Mme la Supérieure de Bar de leur céder quelques sacs de braise dont elles avaient le plus pressant besoin. Mme la Supérieure, désirant faire plaisir aux sœurs de Fains, leur cède environ 60 kilogrammes de cette même braise dont elle avait fait personnellement l'acquisition, Mme la Supérieure n'ayant pas qualité pour produire un mémoire à l'asile de Fains, pria un tiers de faire ce mémoire et d'en toucher le montant. Ce tiers était M. Collesson-Lachambre. En 1876, même demande a été faite par les sœurs de Fains pour 40 kilogrammes environ qui leur ont été livrés de la même façon. Cette braise provenait de la boulangerie de la Maison. Mme la Supérieure ne sait pas si ces 4 fr. ont été encaissés.

Voici la déposition de sœur EMMANUEL :

En 1875, il y a eu deux acquisitions de braise, l'une par le bureau et payée par lui, l'autre par Mme la Supérieure dans un but d'être utile au voiturier qui était très embarrassé de ce qui lui restait sur sa voiture, et qui la suppliait de la lui prendre, sauf à lui en payer le prix quand elle voudrait. Cette braise a été payée par Mme la Supérieure. Quelques jours après, les sœurs de l'asile de Fains sont venues demander à sœur Emmanuel de leur indiquer où elles pourraient avoir de la braise, qu'elles en avaient le plus pressant besoin. C'est cette même braise, achetée par la Supérieure et payée avec l'argent qu'elle avait à sa disposition, qui a été livrée aux sœurs de Fains, et comme Mme la Supérieure n'avait pas qualité pour faire la facture, c'est M. Collesson-Lachambre qui a bien voulu se charger de la faire et d'en toucher le montant, lequel a été remis par la sœur Emmanuel à Mme la Supérieure.

Le même fait qui s'est passé en 1876 est reconnu par sœur Emmanuel qui l'explique de la même façon qu'en 1875.

Vous connaissez les faits, Messieurs, vous avez entendu la justification.

Y a-t-il dans l'acquisition de braise par la sœur Supérieure la moindre apparence d'une opération occulte ? Vous savez tous, Messieurs, que Mme la Supérieure reçoit de différents côtés des sommes d'argent pour être employées en œuvres de bienfaisance. Elle trouve l'occasion de rendre service à un voiturier qui est embarrassé de sa marchandise, qui vient la supplier de la lui prendre. Poussée par cet esprit de charité, qui est le mobile de toutes ses actions, elle achète à ce voiturier cette marchandise et quelque temps après elle la recède aux sœurs de l'asile de Fains ; quoi donc de plus naturel que cette action ! et quel est l'esprit assez malveillant pour y chercher un détournement des deniers de l'Hospice.

Votre Commission, Messieurs, ne l'a pas pensé, et elle espéré que vous ne verrez dans ce grief qu'une action toute naturelle et sur laquelle il n'y a pas à s'appesantir.

CINQUIÈME CHEF

« *Depuis le 1er octobre 1873 jusqu'au 1er juillet 1877, le*
» *produit du travail des indigents, autres que les orphelins, s'est*
» *élevé, chez deux fabricants seulement, à onze cents francs, et*
» *probablement davantage, en tenant compte du travail fait autre*
» *part. Cette somme n'a pas été versée dans la caisse de l'éta-*
» *blissement.*

» *Une délibération du 5 mai 1876 demandait que la totalité*
» *de ce produit fût versée dans la caisse sauf à en distraire le*
» *tiers régulièrement pour le faire distribuer aux travailleurs.*

» *Malgré cette délibération et les observations de l'administra-*
» *tion, rien n'a été versé jusqu'au 1ᵉʳ juillet 1877. Avant le*
» *1ᵉʳ octobre 1873, Mᵐᵉ la Supérieure faisait la répartition du*
» *tiers avant de verser le produit du travail.* »

La réponse de M. Harpin, à cette accusation, qui atteint Mᵐᵉ la Supérieure plus directement, est la justification de celle-ci, la voici :

M. HARPIN déclare que l'argent provenant du travail des indigents était employé pour une partie à payer les ouvriers qui l'avaient gagné et pour l'autre partie au paiement des éplucheuses de légumes, des lingères, de la laveuse de compresses. *Il n'est pas à sa connaissance que Mᵐᵉ la Supérieure ait jamais demandé des crédits pour payer les journaliers.*

Voici ensuite une note écrite par Mᵐᵉ la Supérieure qui donne l'emploi de ces salaires. — Cécile Châtain et Antoinette Jeanty, bobi-neuses, gagnent en moyenne chacune 0 fr. 50 c............. 300 »
Elles reçoivent le tiers............................. 100 »
Les deux autres tiers sont distribués comme suit :
La chère-sœur des femmes à vie donne aux trois personnes qui raccommodent les vêtements des femmes, pour les trois, 60 fr. par an, ci... 60 »
Étrennes à toutes les femmes à vie .... 20 »
Joséphine Mourot, aide-lingère..................... 60 »
Franceline Thévenin, aide-lingère................... 50 »
A la lessiveuse qui lave tous les jours le linge des gâteux... 30 »
                                                    _____
                    TOTAL.................... 220 »

Les années 1874 et 1875 donnent à peu de chose près les mêmes résultats, et, en les totalisant, nous trouvons, à peu de chose près, les recettes indiquées par M. Thiébaut.

Après informations prises, votre Commission, Messieurs, a acquis la certitude que la plupart de ces femmes auxquelles Mᵐᵉ la Supérieure donne des gages si modiques, font le travail d'ouvrières qu'on serait obligé de payer beaucoup plus chèrement si Mᵐᵉ la Supérieure était obligée de recourir à des crédits spéciaux, car c'est grâce à ses bons soins, à son inépuisable douceur, à sa charité toute chrétienne, qu'elle obtient de ces pauvres femmes, toutes chargées d'âge et d'infirmités, de travailler dans des conditions aussi favorables aux intérêts de l'Hospice.

Depuis longtemps, *la Commission administrative connaît ces faits.* Elle sait qu'ils ne s'effectuent pas avec toute la régularité administrative qu'on peut apporter à d'autres actes. Mais elle est pénétrée de l'idée que c'est dans un intérêt bien entendu, et c'est pourquoi elle approuve et laisse agir.

SIXIÈME CHEF

Il s'agit du renvoi de quelques serviteurs. Ceci est étranger au rapport de la Commission municipale.

SEPTIÈME CHEF

« *Veuve Wayer, décédée en février 1876. Le produit de son*
» *travail chez des tisserands, depuis le 1ᵉʳ octobre 1873, n'a pas*
» *été versé dans la caisse de l'Hospice.* »

HUITIÈME CHEF

« *Veuve Braye, du 1ᵉʳ octobre 1873 au 21 novembre 1873, a*
» *travaillé chez M. Lepage, jeune, et a reçu 21 fr. 75 c. qui*
» *n'ont pas été versés dans la caisse de l'Hospice.* »

Ces deux chefs n'en font pour ainsi dire qu'un seul, et Mᵐᵉ la Supérieure y répond de la manière suivante :

La veuve Wayer travaillait très-peu et très-rarement, le produit de
son travail lui était laissé. — Pour la veuve Braye, le produit de son
travail était confondu dans le produit général et était employé de la
même façon que celui des autres ouvriers.

Cette réponse de Mᵐᵉ la Supérieure a paru très-satisfaisante. Du
reste, ce qui a été dit relativement au cinquième chef, s'applique à
ceux-ci.

NEUVIÈME CHEF

« *Aucun des produits de la basse-cour n'a été versé dans la*
» *caisse. M. Thiébaut ne sait pas s'il y a eu des ventes réalisées*
» *autres que les peaux de lapins, dont le prix n'a pas été versé.* »

Avant de formuler cette neuvième accusation, il eût été plus sage,
de la part de M. Thiébaut, de s'assurer s'il y avait matière à accusation ;
son ardeur se trouve en défaut, car il est de notoriété dans tout l'Établissement, que tous les produits de la basse-cour sont consommés dans
l'Établissement. Il n'y a que les peaux de lapins qui sont vendues et
dont le produit appartient à la fille de basse-cour pour suppléer à l'insuffisance de ses gages, et c'est encore sœur Emmanuel qui lui en faisait la
répartition suivante :

Une partie était employée à l'acquisition de différents objets d'habil-
lement ; le reste était placé à la caisse d'épargne, au nom de cette jeune
fille.

DIXIÈME CHEF

« *En 1874, un vieux fourneau a été vendu à M. Longeaux,*
» *serrurier, moyennant la somme de 10 fr., qui n'a pas été*
» *versée dans la caisse.* »

En effet, Messieurs, cette somme n'a pas été versée dans la caisse ; en voici l'explication :

A une date antérieure à 1874, il existait un vieux fourneau dans le réfectoire des Sœurs ; ce fourneau répandait de la fumée, était hors d'usage ; il a été vendu 10 fr., et ces 10 fr. ont aidé Mme la Supérieure à en acheter un autre avec le secours d'un supplément en argent que Mme la Supérieure avait à sa disposition.

ONZIÈME CHEF

On relève ici une confidence que le sieur Thiébaut prétend avoir reçue de feue sœur Tharsile. — Il a beau jeu d'évoquer le souvenir d'une personne morte. C'est tout simplement absurde.

DOUZIÈME CHEF

Ce dernier chef a trait à une plainte formée par le commis et commensal de M. Thiébaut sur la qualité du vin qui était servi à ces deux Messieurs, — plainte qui aurait trouvé sœur Emmanuel moins patiente que d'habitude et voilà tout.

La Commission a cru devoir appeler devant elle M. Florentin, receveur de l'Hospice, et M. J. Baudot, ancien administrateur, pour leur demander des renseignements sur les faits incriminés.

La Commission transcrit textuellement les dépositions de ces deux Messieurs :

Déposition de M. Florentin, receveur de l'Hospice.

M. FLORENTIN affirme avec la plus entière conviction que l'administration des Sœurs de l'Hospice et en particulier celle de sœur Emmanuel a puissamment contribué à la prospérité de cet Etablissement ; que si, dans la comptabilité du jardin et dans celle du produit du travail des indigents, il y a eu quelques irrégularités, pour ainsi dire inévitables, le produit en a été employé, soit par Mme la Supérieure, soit par sœur Emmanuel, dans l'intérêt de l'Hospice, et qu'il se porte garant qu'aucune somme n'a été détournée de son véritable but.

Déposition de M. J. Baudot, ancien administrateur de l'Hospice.

Pendant tout le temps que j'ai fait partie du Conseil d'administration de l'Hospice, j'ai été témoin de l'intelligence, de l'activité, du zèle exceptionnel que sœur Emmanuel apportait dans l'accomplissement de ses devoirs ; son concours m'a toujours paru précieux pour l'Etablissement, et je crois qu'il ne sera pas facile de remplacer une personne de sa valeur. C'est bien à elle qu'est due la prospérité de la basse-cour et du jardin.

Comme mes Collègues, je savais que, loin de laisser perdre les résidus qu'on jette au fumier et d'autres objets dont l'Hospice n'aurait pu tirer parti, elle les réalisait elle-même pour en appliquer le profit au bénéfice de l'Etablissement.

Ne pouvant voir, dans cette légère irrégularité, que le résultat d'un excès de zèle, et d'autre part, connaissant la probité et le désintéressement de sœur Emmanuel, je n'ai jamais eu la pensée que les intérêts de l'Hospice fussent le moins du monde lésés. Sœur Emmanuel ne se cachait pas, et elle a dû prendre notre tolérance pour un acquiescement du Conseil d'administration. Si une observation sérieuse lui eût été faite, nul doute qu'elle ne s'y fût rendue ; pour mon compte, je me suis bien gardé de lui adresser un reproche de ce chef ; j'aurais craint qu'une pareille défense ne décourageât un excellent serviteur, dont le dévouement absolu ne faisait mystère pour personne.

Quant à l'expression : *Gestion occulte*, que j'ai entendu proférer à plusieurs reprises à cette occasion, je trouve que « *c'est un bien gros mot pour une bien petite chose.* »

La Commission avait, par sa lettre du 12 juillet, cru devoir prier M. le Maire de lui donner les renseignements que ce magistrat avait annoncé, dans la réunion du 6 juillet, posséder sur les différents faits de cette affaire.

M. le Maire, par des motifs que nous n'avons pas à examiner ici, a cru devoir s'abstenir de prendre part à cette instruction.

MM. Yvon et Chemery, administrateurs de l'Hospice, avaient été appelés par votre Commission pour déposer devant elle des faits qui étaient à leur connaissance. Mais, avant leur déposition, la Commission a jugé que ces Messieurs devant prendre part à la discussion et au vote sur le rapport, il était préférable de ne pas les entendre afin de leur laisser leur **indépend**ance.

Vous connaissez maintenant les faits dans toute leur sincérité ; vous allez les apprécier, Messieurs, avec justice et impartialité ; votre Commission a la ferme conviction de n'avoir rien négligé afin de faire pénétrer dans vos consciences la lumière et la vérité.

La décision que vous allez rendre aura pour effet de rétablir le calme dans les esprits et de rendre, à cet Établissement momentanément troublé, la paix si nécessaire à l'accomplissement de ses œuvres de charité.

Comme je l'ai dit en commençant, ces débats ont eu un grand et pénible retentissement, ils ont soulevé de toute part de violentes ré riminations. On n'a pas craint d'accuser l'administration hospitalière de mal gérer ses affaires, de détourner les produits de cet Établissement, d'entretenir une comptabilité occulte.

La Commission administrative elle-même n'a pas été ménagée, elle est devenue la complice de ce scandale.

Cette grave accusation est-elle fondée ? Quel en est l'auteur ?

Quant à la première question, votre Commission n'hésite pas à y répondre d'une manière qui ne laisse de doute à personne.

Non ! elle n'est pas fondée.

Les faits mis à la charge de sœur Emmanuel et de Mme la Supérieure ne reposent sur rien de vrai — leur gestion a été en tout point conforme aux traditions les plus anciennes de cet Établissement et elles n'y ont dérogé en quoi que ce soit.

Ce qu'elles faisaient était fait avec l'assentiment de tous les administrateurs qui se sont succédé depuis de longues années.

Si quelques irrégularités, inévitables dans une gestion aussi compliquée de petits détails, peuvent être constatées, l'intelligence, l'activité, le zèle exceptionnels de Mme la Supérieure et de sœur Emmanuel sont la plus grande garantie que toutes les ressources dont elles pouvaient disposer étaient employées pour la plus grande prospérité de l'Hospice, l'enquête l'a révélé, *et votre Commission a été unanime pour reconnaître la fausseté et la perfidie des allégations dirigées contre ces dames.*

Quel est l'auteur de ces attaques ? C'est M. Thiébaut !

Lui seul, sans consulter personne, a fait une sorte d'enquête sur les faits qu'il nous a révélés. *Oubliant la reconnaissance qu'il devait aux sœurs de cet Établissement,* passant par-dessus la Commission administrative qu'il considérait sans doute comme suspecte, il est allé fouiller partout où il espérait trouver des renseignements pour étayer l'objet de ses plus pressantes préoccupations.

Nous le trouvons partout, portant à Nancy le trouble et la désolation dans cette respectable Maison où repose l'ange de la charité, écrivant à Saint-Nicolas, obtenant du jardinier de cet établissement un certificat de complaisance, se glissant sous un prétexte chez Mme Froment pour y copier ses notes très-imparfaites, et en somme ne découvrant rien de sérieux, rien de vrai à la charge de ceux qu'il voulait compromettre. Mais *satisfaisant sa haine persistante dont nous ne découvrons l'origine que dans des sentiments que nous ne voulons pas qualifier.*

Nous ajouterons seulement que la conduite de cet employé dans cette affaire sollicite de votre part un sévère examen.

Quant à sœur Emmanuel, elle nous paraît complètement innocente des charges qu'on a voulu faire peser sur elle, et nous vous demandons comme un acte de justice rigoureuse sa réintégration immédiate dans son office en souffrance depuis son départ.

(Signé) CH. BOMPARD ; CH. MAYEUR ; TRIPIED.

ANNEXE N° 3

EXTRAIT DU REGISTRE DES DÉLIBÉRATIONS

DU CONSEIL D'ADMINISTRATION

DE L'HOSPICE CIVIL DE BAR-LE-DUC

Séance du 11 Août 1877.

La Commission administrative de l'Hospice civil de Bar-le-Duc, convoquée extraordinairement par M. le Maire, s'est réunie au lieu habituel de ses séances, le samedi onze août mil huit cent soixante-dix-sept.

Étaient présents : MM. J.-J. Laguerre, maire, *président*; Yvon, *vice-président*; Ch. Bompard, Chémery, Ch. Mayeur, Robineau, Tripied et Vivien.

M. le Maire ouvre la séance en protestant contre le travail de la Commission chargée de l'enquête sur les faits imputés à sœur Emmanuel. Il le considère comme illégal, en s'appuyant sur ce que cette commission a méconnu son droit de la présider, et en alléguant que le rapport de l'enquête, lu à la dernière séance, était incomplet et rédigé avec partialité. Il manifeste avec insistance l'intention de donner lecture de documents nouveaux qu'il a recueillis personnellement.

La Commission se refuse tout d'abord à l'audition de ces documents, motivant son refus sur ce que l'enquête était close et qu'elle n'avait autorisé personne à en faire une nouvelle. M. Yvon fait d'ailleurs remarquer à M. le Maire que M. Thiébaut, l'instigateur de cette affaire, lui ayant déclaré, ainsi qu'à M. Ch. Bompard que, dans sa conviction, sœur Emmanuel n'a rien détourné des fonds de l'Hospice, il est superflu de savoir si elle a eu affaire à d'autres personnes pour des faits analogues à ceux qui sont relatés dans l'enquête.

Après un débat, M. le Maire ayant manifesté l'intention de lever la séance, la Commission décide, à la majorité des voix, qu'elle continuera à siéger et à délibérer. Devant une nouvelle menace du président de lever la séance, la Commission, résolue à mettre fin à un litige qui s'est trop prolongé, consent, sous toutes réserves, à entendre la lecture des pièces que M. le Maire tient à produire.

M. Thiébaut, secrétaire, ayant comparu comme témoin dans l'enquête, l'assemblée décide qu'il n'assistera pas à la discussion. Par conséquent, il est invité à se retirer, et M. Ch. Bompard est prié de remplir les fonctions de secrétaire.

Une discussion très-vive s'engage alors, tant sur les pièces produites par M. le Maire que sur les douze chefs relevés dans l'enquête. Cette discus-

4

sion est suivie d'un vote auquel M. le Maire se refuse à prendre part, en renouvelant ses protestations.

A la majorité de cinq voix, la Commission approuve et homologue les conclusions du rapport ; elle décide que sœur Emmanuel sera réintégrée dans ses fonctions de sœur ménagère.

RÉVOCATION DE M. THIÉBAUT, *secrétaire*.

En suite de ce vote, et sur la proposition de M. Yvon, la Commission prend, à la majorité de cinq voix, la délibération motivée suivante :

Considérant que M. Thiébaut, secrétaire de la Commission administrative de l'Hospice et commis aux écritures, est le *principal auteur des attaques malveillantes* dirigées contre sœur Emmanuel, et qui rejaillissent sur la Commission elle-même ;

Qu'il *s'est servi abusivement* de son titre et de sa situation de secrétaire de la Commission de l'Hospice, notamment pour rechercher et recueillir avec une apparente autorité, mais sans aucune mission d'elle, des allégations accusatrices contre cette sœur ; que cela ressort en particulier de la déposition du jardinier Payen, lequel déclare avoir complaisamment recopié et signé une pièce qui lui a été présentée par M. Thiébaut ;

Que *sa conduite dans toute cette affaire lui a aliéné la confiance de la Commission administrative* ;

ARRÊTE :

M. Thiébaut est relevé de ses fonctions de commis aux écritures. Sa révocation, comme secrétaire, sera demandée immédiatement à M. le Préfet de la Meuse.

M. Florentin, receveur de l'Hospice, est chargé de prendre la direction du bureau et de procéder sans délai à sa réorganisation.

M. Chemery déclare avoir voté contre le renvoi de M. Thiébaut, et contre le rapport de la commission d'enquête.

Fait et délibéré en séance, ledit jour, onze août mil huit cent soixante-dix-sept.

Signé : YVON-BAUDIN, TRIPIED, ROBINEAU, Ch. MAYEUR, Ch. BOMPARD et CHEMERY.

ANNEXE N° 4

RÈGLEMENT POUR LE SERVICE INTÉRIEUR
DE L'HOSPICE DE BAR-LE-DUC

Art. 58. — Le secrétaire est spécialement attaché aux travaux de la Commission administrative. Il doit assister à toutes les séances.

Il prépare et adresse les lettres de convocation, dresse l'ordre du jour des séances et rédige les délibérations.

Il fait et suit la correspondance relative aux délibérations et décisions de la Commission.

Il fait la minute des budgets et des comptes administratifs.

Il dirige le travail des bureaux, et a la garde des archives.

Art. 59. — Le commis aux écritures prépare et suit la correspondance relative aux diverses autres parties du service administratif, et notamment au *mouvement de la population*.

Il fait les expéditions des actes, délibérations, budgets et comptes de la Commission.

Il tient *les registres matricules de la population*; il dresse les états relatifs au *mouvement et à la comptabilité des diverses catégories de commensaux*, et notamment :

Des militaires ;
Des enfants trouvés ;
Des *malades payants*;
De la maternité.

Il prépare l'ordonnancement des dépenses, ainsi que les états de sommes dues à l'Hospice, pour journées, fournitures, etc...

ANNEXE N° 5

CABINET DU PRÉFET

PRÉFECTURE DE LA MEUSE

Intérieur à Préfet, Bar-le-Duc.

10 juillet 1877.

C'est surtout comme chef de l'administration municipale, comme chef de la commune, suivant l'expression du rapporteur de la loi du 5 mai 1855, que le maire peut réclamer la présidence de toutes les commissions formées dans le sein du Conseil municipal. Sa situation n'est pas la même au sein de la Commission des hospices dont les membres ont la qualité d'administrateurs. Je ne crois donc pas que le maire de Bar-le-Duc soit fondé à revendiquer la présidence de la commission d'enquête.

Pour copie conforme :

Le Préfet de la Meuse,

Ad. DE TOURVILLE.

RÉPONSE AU MÉMOIRE

de la Commission administrative

DE L'HOSPICE CIVIL DE BAR-LE-DUC

~~~

MESSIEURS LES CONSEILLERS,

En réponse au rapport sur les comptes de l'Hospice de Bar-le-Duc, approuvé à l'unanimité par l'ancien Conseil municipal, dans sa séance du 12 décembre 1877, la Commission de l'Hospice, après un long recueillement, vient de publier pour sa défense un factum étrange, qui est la condamnation formelle de ses actes.

Vous êtes, Messieurs, les continuateurs de ce Conseil dont vous faisiez partie pour la plupart et, puisqu'on attaque aujourd'hui son œuvre, vous la défendrez dans l'intérêt de vos concitoyens.

Ce sera d'ailleurs chose facile, puisque la question est déjà connue de vous.

Mais avant de la traiter sous de nouveaux aspects et de répliquer à vos adversaires, je dois vous renseigner sur les personnes qui s'arrogent le droit de parler au nom d'une Commission tout entière et de vous traiter si cavalièrement, vous, Messieurs, appelés à examiner leur gestion.

Cette commission, vous le savez, doit se composer de sept membres et du Maire, président-né.

Aujourd'hui, elle n'en compte plus que cinq.

J'ai dû en effet, par dignité, depuis le mois d'août dernier, m'abstenir de prendre part à ses travaux, en raison de la réintégration de sœur Emmanuel dans l'établissement, et je continuerai à rester à l'écart jusqu'à ce que justice soit faite.

D'un autre côté, MM. *Chémery*, tuteur des enfants assistés, et *Vivien*, pasteur, ont donné leurs démissions, motivées par les faits regrettables dont l'Hospice est depuis longtemps le théâtre et par l'attitude incroyable d'un de leurs collègues, M. *Yvon*, qui s'occupe des affaires beaucoup plus qu'il ne convient. Ce dernier administrateur et les autres membres doivent assumer seuls la responsabilité d'un écrit passionné, rempli d'erreurs et fait avec le zèle ardent de néophytes repentants, puisque deux des rédacteurs de cette œuvre, remarquable à plus d'un titre, ont rappelé sœur Emmanuel, dont ils avaient, au 1er juin 1877, prononcé le renvoi, *insciemment*, sans doute.

Ces Messieurs débutent par une plainte amère.

« Ils ne peuvent, disent-ils, admettre comme juge un » Conseil qui s'est fait accusateur sans entendre les accusés, » et ils en appellent directement à l'opinion publique. »

En réponse à ce cri d'indignation, il me suffira d'exposer que le Conseil était chargé d'examiner les comptes de l'Hospice ; qu'il a rempli consciencieusement sa mission et, qu'ayant trouvé ces comptes mal établis, il a refusé de les approuver.

J'ajouterai, qu'ayant découvert l'existence incontestable et sur une grande échelle d'une comptabilité occulte, le Conseil a dénoncé ce fait très-grave à l'autorité supérieure.

C'était son strict devoir, et il n'avait aucun besoin d'appeler à la barre de son tribunal les plaignants pour les condamner : leurs actes déposaient suffisamment contre eux.

A entendre ces Messieurs, vous auriez dû faire le silence autour d'une gestion amie des ténèbres.

Mais le Conseil municipal, issu du suffrage universel, a voulu que la lumière se fît, dans l'intérêt de la Ville et de l'Hospice lui-même, et c'est pour ce motif qu'il a donné à sa délibération du 12 décembre la plus grande publicité. Il ne redoute pas que la vérité se fasse jour, et il attend avec calme le verdict que vos concitoyens prononceront en dernier ressort.

Ceux-ci, quoi qu'on dise, apprécieront les faits et ne se laisseront pas égarer par les sophismes d'administrateurs qui, prévenus depuis quelque temps déjà des abus qui se produisaient dans l'établissement confié à leur vigilance, ont refusé d'y mettre un terme, se contentant comme palliatif d'accepter des comptes *intentionnels*. Vous avez bien entendu, Messieurs : *des comptes intentionnels !* Ce nouveau système de comptabilité est dû, paraît-il, à la sagacité de M. le Receveur de l'Hospice de Bar-le-Duc, et j'aurai bientôt l'occasion de vous en parler de nouveau.

Après le cri d'indignation vient la phrase à effet. Je cite textuellement :

« Attaquer par la voie de la presse deux femmes, deux » religieuses qui ne peuvent se défendre elles-mêmes, *c'est là* » *une œuvre digne d'un esprit généreux et élevé.* »

En votre nom, Messieurs, je proteste énergiquement contre cette insinuation malveillante qui vise votre honorable rapporteur.

Eh quoi ! vous auriez eu l'intention d'insulter des femmes, des religieuses, vous qui naguère votiez des remerciements et des subventions aux sœurs qui tiennent vos écoles et asiles de la Ville-Haute et de Marbot ? Et dans quel but ? Prétendrait-on que vous les avez attaquées dans leur dignité, parce que, pièces à l'appui, vous auriez prouvé que sœur Emmanuel et Mme la Supérieure n'ont pas administré régulièrement, malgré les règlements, qui leur en font un devoir, et les avertissements qui ne leur ont pas manqué ? Mais, à ce compte, il n'y aurait plus d'administration possible, s'il vous était interdit d'infliger un blâme mérité aux ménagères des établissements hospitaliers, qu'elles portent l'uniforme ecclésiastique ou le vêtement laïque.

Et puisque vos adversaires, Messieurs, commettent la maladresse insigne de vous amener sur ce terrain, dites-leur que tout ce bruit, tout ce scandale dont ils se plaignent, est leur fait, leur œuvre personnelle ; que sœur Emmanuel avait été renvoyée avec raison, mais sans éclat, dans l'intérêt de la communauté de Saint-Charles ; que cinq membres, MM. Laguerre, Chémery, Vivien, Robineau et Mayeur en avaient sagement décidé ainsi, malgré l'opposition systématique et étrange de M. Yvon, seul ; et qu'il fallait, pour ne pas ébruiter l'affaire, laisser à Nancy la sœur préposée aux soins du jardin et de la basse-cour.

Pour moi, j'affirme qu'il est déplorable d'introduire l'élément sentimental dans des questions d'intérêt ; en l'espèce, il s'agit de comptabilité, et rien de plus ! Vous avez démontré que celle des sœurs était irrégulière et occulte ; vos adversaires eux-mêmes sont obligés de le reconnaître : que la question reste donc réduite à ces proportions.

Aussi bien, s'il vous plaisait à votre tour de faire de la sensiblerie, il vous serait bien facile d'apitoyer le public sur le triste sort de ces vieillards, de ces infirmes, de ces pauvres malades auxquels les administrations anciennes abandonnaient totalement les primeurs du jardin qu'on vend aujourd'hui, pour la plus grande partie, sur le marché, afin d'en faire de l'argent dont on devrait bien justifier l'emploi.

Mais, pour défendre votre cause, vous n'avez pas besoin, Messieurs, de ces petits moyens : vous avez pour vous le droit et la justice !

Après avoir essayé du pathétique, vos adversaires abordent enfin le genre sérieux et ne peuvent résister à la tentation de se tresser des couronnes.

Je cite :

« Sorti sans ressources de la tourmente révolutionnaire, » l'Hospice de Bar-le-Duc est arrivé, grâce à la sagesse de » ses administrateurs et surtout au dévouement des sœurs » de Saint-Charles, à un état réel de prospérité. Non-seule-» ment il a toujours suffi à tous ses engagements, mais il a » en outre, avec ses seules ressources, réalisé d'importantes » et coûteuses améliorations. Pour ne citer que les plus » récentes, l'Hospice a, sans subvention aucune, agrandi ses » dépendances et élevé l'immense corps de bâtiment situé à » l'ouest de l'établissement. Il a aussi doté la ville d'un service » d'hydrothérapie, dont beaucoup de nos concitoyens appré-» cient les bienfaits ; le tout représentant une dépense totale » de 225,000 francs au moins. »

La situation florissante, dont se targuent modestement les auteurs du factum, ressemble fort à un château de cartes que le plus léger vent renverse ; et il me sera très-facile de vous démontrer, Messieurs, que votre établissement hospitalier, loin de prospérer, marche à une ruine complète et prochaine, si on n'y porte un prompt et énergique remède.

Je me suis renseigné et je puis vous donner l'assurance que si l'Hospice de Bar, comme tant d'autres, a été, en 1793, dépouillé d'une partie de ses biens ; s'il a perdu de ce fait, en meubles et immeubles, d'après des évaluations exagérées du reste, une somme de 64,000 fr., il a été depuis plus que désintéressé !

Le 16 vendémiaire an V, nos législateurs consacraient en effet le principe d'indemniser les établissements de bienfaisance de toutes les pertes subies, en leur rendant l'équivalent soit en immeubles, soit en capitaux ; et, le 14 fructidor an X, l'État allouait à l'Hospice de Bar une somme de fr. 19.163,10, représentant quinze fois le revenu des capitaux et des rentes qu'il lui reconnaissait seulement avoir perdus.

L'année suivante, il lui accordait pour la perte de ses immeubles : 1° le prieuré de Notre-Dame, estimé 10,000 fr. ; 2° la tuilerie d'Hannonville, 4,000 fr. ; 3° le moulin de Louvemont, 12,000 fr. Le tout représentant un revenu de 760 fr.

En l'an XIII, le 24 pluviôse, et à titre de don aux habitants qui avaient supporté la perte de leur récolte de vins, complétement détruite par la grêle et la gelée, l'État allouait à l'Hospice un capital de 8,708 fr. ; plus tard, une somme de 16,802 fr. sur les 26,802 fr. de fonds de non-valeur des exercices 1806 et 1807 ; et, le 9 septembre 1809, il lui abandonnait la propriété des moulins de Vaucouleurs, dont la vente autorisée, le 27 avril 1818, a produit la somme de 26,100 fr.

J'ajouterai pour votre gouverne que l'Hospice est également rentré dans la possession des bois de Mussey et Souilly, vendus en 1869 pour fr. 50,000 ; et, si vous additionnez toutes ces sommes, vous arriverez au chiffre très-respectable de fr. 146.773,50.

Vous voyez, Messieurs, par cet exposé succinct, combien peu est fondée la prétention des administrateurs d'avoir relevé l'Hospice de ses ruines, grâce à leur sagesse.

Assurément, ils devraient se montrer plus impartiaux et plus reconnaissants envers l'État, qui les a si largement indemnisés, et les particuliers, qui les ont enrichis par leurs legs et leurs fondations.

Vous verrez un peu plus loin ce qu'on a fait de ces éléments de richesse et ce qu'il faut penser de cet état prospère, dont on fait montre aujourd'hui devant le public, tandis qu'on étale ses misères devant le Conseil général, pour obtenir des subventions, et devant le Conseil municipal, pour priver la ville de Bar-le-Duc des lits destinés à ses indigents.

Après s'être ainsi décerné un brevet de capacité, les administrateurs annoncent pompeusement que, sans subvention aucune, on a élevé l'immense corps de bâtiment situé à l'Ouest, et doté la ville d'un service d'hydrothérapie.

Mais ils oublient de dire que la première de ces constructions, faite en 1858, est l'œuvre de leurs devanciers ; qu'elle a coûté la somme de 150,000 fr., payée en grande partie avec le produit de la vente de nombreux immeubles ; qu'il est encore redû à Mme Louis Morel 43,000 fr. ; et, qu'avant d'entreprendre l'établissement de bains, dont le devis primitif était de 16,000 fr., mais dont la dépense a été réellement de fr. 30,000, ils auraient peut-être mieux fait de rembourser une dette déjà ancienne.

En ce moment, il est vrai, pour ne plus payer d'intérêts à 5 %, ces Messieurs proposent de vendre 1,840 fr. de rentes ; mais cette opération financière, avantageuse à première vue, et sur laquelle je reviendrai, n'enlève-t-elle pas un gage indispensable à l'entretien d'un certain nombre de lits ? C'est ce que vous aurez, Messieurs, à examiner puisque la proposition vous a été soumise par la Préfecture.

Je ne suivrai pas les auteurs du factum sur le terrain des personnalités qu'il leur plaît de choisir. Leur intention bien évidente, pour diminuer leur lourde responsabilité, serait de confondre leur cause avec celle de leurs prédécesseurs ; mais vous éviterez de tomber dans ce piége trop primitif, et vous n'avez rien à voir dans les actes des administrations municipales qui se sont succédé alors qu'elles avaient à leur tête MM. Paulin Gillon, Trichon-Saint-Paul, Saincère et Millon.

Votre rôle se borne à vérifier les comptes et budgets de l'année 1876 et à donner votre avis sur leur contenu. Vous l'avez fait, en demandant, toutefois, qu'il plaise au gouvernement d'envoyer des inspecteurs des finances, chargés d'examiner les comptes antérieurs en remontant jusqu'à 1868, époque à laquelle M. Henry Bompard prit en main la municipalité, et où la ville de Bar-le-Duc fut privée d'une partie notable des lits à guérison qui doivent être mis à la disposition de ses indigents.

Je vais, Messieurs, vous en fournir la preuve immédiate en vous donnant connaissance d'une pièce originale dont M. Florentin, Receveur actuel de l'Hospice, est l'auteur : •

« La cause principale du déficit était, dit-il, l'augmenta-
» tion du nombre des enfants assistés recueillis dans l'Hos-
» pice. La Commission réclama le concours dans la dépense
» des autres hospices ; sur l'avis favorable du Conseil
» général, M. le Préfet prit dans ce sens un arrêté, qui fut
» approuvé par le ministre de l'intérieur. L'Hospice put
» donc concevoir l'espérance de voir les déficits s'atténuer,

» et, les circonstances devenant meilleures, de reconstituer
» par des *bonis annuels* les capitaux absorbés. Mais le Conseil
» d'Etat en cassant l'arrêté préfectoral a fait évanouir cet
» espoir, et laissé l'Hospice à ses embarras financiers.

» Il y a lieu de remarquer en outre, que, malgré l'accrois-
» sement du prix des denrées et l'augmentation du nombre
» des enfants, deux causes d'exagération de dépenses ordi-
» naires, *l'Hospice a continué à traiter et à entretenir le même*
» *nombre de malades et de vieillards, sans demander aucun*
» *secours au budget municipal.* Or, il n'y a, pour les établisse-
» ments aussi peu dotés que le nôtre, que ces deux moyens
» de maintenir quelque équilibre entre les dépenses et les
» recettes, quand le prix des denrées alimentaires augmente :
» *Ou diminuer le nombre des commensaux* (1),
» *Ou recevoir une subvention suffisante*, pour ne pas en venir
» à cette extrémité.

» En résumé, dès avant 1860, les besoins ordinaires et
» urgents avaient absorbé presque la totalité non encore
» employée des capitaux alors en caisse.

» En 1862, il a fallu vendre 809 fr. de rentes sur l'Etat
» pour payer la soulte exigée à la conversion du 4 1/2 en 3 ;
» la première conversion, en 1852, avait déjà réduit les
» rentes de l'Hospice de fr. 1,431.

» En 1865, un nouvel écart de 6,000 fr. est signalé par la
» vérification des comptes, entre les recettes et les dépenses
» ordinaires : ce déficit ne peut être couvert *qu'au moyen de*
» *recettes extraordinaires détournées de leur destination* (2).

» Le découvert, loin de s'atténuer en 1866, s'accroît sur
» les recettes ordinaires de plus de 2,000 fr., et, sur la tota-
» lité du budget, de plus de 8,000 fr. La situation provisoire
» de l'exercice 1867 fait craindre sérieusement que le déficit
» ne prenne de plus grandes proportions encore : il n'y a
» plus rien en caisse des ressources extraordinaires à l'aide
» desquelles les découverts précédents ont pu être soldés. »

Vous venez d'entendre, Messieurs, le cri d'alarme poussé
par M. Florentin, et vous pouvez apprécier, en connaissance
de cause, *la prospérité de l'Hospice* à la fin de 1867, ainsi que
la valeur de l'accusation portée contre M. Thiébaut, secrétaire de l'établissement depuis 1872 (page 22 du factum).

(1) C'est ce qu'on a fait.
(2) Je n'ai pas forcé M. Florentin à faire cet aveu.

Au dire des cinq administrateurs, M. Thiébaut serait coupable de la diminution des lits à guérison, et cependant vous venez d'en avoir, Messieurs, la preuve irréfutable, elle a été provoquée par le Receveur, *seul*.

Une délibération sur ce sujet délicat a-t-elle été prise par les administrateurs qui siégeaient alors, ou par leurs successeurs ?

Je mets les administrateurs actuels au défi de la présenter.

La municipalité en a-t-elle été informée officiellement ? Jamais !

En 1872, seulement, la commission municipale du budget, ayant pour rapporteur M. Chastel, s'émeut avec raison du chiffre toujours croissant des sommes versées annuellement à l'Hospice pour l'entretien de ses malades indigents, et formule la plainte suivante à la séance du 15 juin :

« La Commission croit devoir appeler l'attention de
» l'administration municipale et du Conseil sur la situation
» faite à la Ville par l'augmentation constante des dépenses
» payées à l'Hospice pour les lits à guérison.

» Si l'on consulte les budgets précédents, on trouve que
» ces dépenses, s'élevant primitivement à 2,000 francs, ont
» atteint en 1871 le chiffre de 10,262 fr. 70, et dépasseront
» en 1872 celui de 11,000 francs, si l'on prend pour base le
» premier trimestre de cette année. »

Et le Conseil, d'après les explications fournies par M. Henry Bompard, président-né de la commission de l'Hospice, prenait la délibération suivante :

« Cette augmentation de dépense vient de ce que l'admi-
» nistration de l'Hospice a réduit successivement le nombre
» de lits qu'elle doit mettre à la disposition des malades de
» la Ville. En effet, ces lits, au nombre de vingt-trois, ont été
» successivement réduits par suite du mauvais état des
» finances de cet établissement hospitalier, et ne sont plus
» aujourd'hui qu'au nombre de seize.

» Le Conseil municipal *invite M. le Maire* à exprimer à
» l'administration de l'Hospice le désir de concilier les
» exigences de son budget avec les intérêts des malades de
» la Ville. »

Cette délibération, Messieurs, vos adversaires vous l'opposent pour prouver que le fait de la diminution des lits était connu de vous depuis longtemps. Elle démontre au contraire d'une façon éclatante que le Conseil municipal, instruit tardivement du tort fait à la Ville, a témoigné sa ferme intention de défendre ses droits, et chargé M. Bompard de les faire respecter.

En juin 1875, c'est-à-dire trois ans après cet événement, j'étais nommé Maire de la ville de Bar-le-Duc, et, en cette qualité, j'eus à m'inquiéter de la dépense très-élevée occasionnée par l'occupation des lits à guérison.

Tous les quinze jours, l'employé du deuxième bureau de la mairie avait soin de demander à l'Hospice la quantité de lits vacants, et on lui répondait verbalement ou par écrit.

Je croyais alors que, conformément aux statuts et aux observations que le Maire avait dû faire, en 1872, vous aviez à votre disposition les vingt-trois lits réglementaires.

Il n'en était rien, et j'en eus la preuve au commencement de 1877, à une des réunions mensuelles de la Commission. Je dus m'élever avec énergie contre les tendances de certains administrateurs à faire payer au département plus de journées que les femmes en couche, placées à son compte, à l'Hospice, n'en avaient réellement, et j'acquis la conviction que la Ville de Bar n'était pas mieux traitée que le département au sujet des lits à guérison qu'on doit mettre à sa disposition.

Dès lors, je fus fixé sur ce point important, et j'attendis une occasion favorable pour faire respecter les droits de la Ville.

Elle ne tarda pas à se présenter, lorsque, d'après les révélations faites par M. Thiébaut en mai 1877, j'eus à faire examiner, par la Commission, les actes reprochés à sœur Emmanuel.

Le 13 décembre dernier, voulant me rendre compte moi-même de la situation, je me rendis à l'Hospice et me fis présenter par le nouveau secrétaire le livre d'entrée et de s...e des malades admis au compte de l'Établissement.

Je ne trouvais que 18 lits occupés par des indigents, et encore est-il que deux avaient été mis à la disposition d'étrangers : une jeune fille belge et un habitant de Revigny.

J'écrivis alors à M. l'Administrateur de service, et à la date du 15 décembre, la lettre suivante :

« Monsieur l'Administrateur,

» Votre lettre du 11 de ce mois me fait connaître les conditions du traitement des malades admis à l'Hospice au compte de la Ville. Vous me citez les articles 8 et 36 du règlement, dans les termes desquels, ajoutez-vous, la Commission entend rester..... *désormais, sans doute.*

» Je suis très-satisfait de cette détermination, un peu tardive il est vrai, car elle me permet de vous poser une question :

» L'article 8 dit que le nombre des lits à la charge de l'Etablissement est de :

» 11 pour les hommes,

» 12 pour les femmes ;

» Total : 23.

» Or, dans une visite que j'ai faite à l'Hospice, jeudi dernier, j'ai constaté sur vos livres, à mon grand étonnement, que vous ne mettiez à la disposition des indigents de la Ville que :

» 8 lits pour hommes,

» Et 10 lits pour femmes ;

» Total 18, dont quelques-uns sont peut-être occupés par des personnes n'ayant pas le domicile de secours à Bar-le-Duc.

» Avant de répondre aux autres points de votre lettre, je vous prie de vouloir bien me donner des explications sur le fait que j'ai l'honneur de vous signaler.

» J'attends également le Compte moral de 1876 et le Budget-Matières de 1878.

» Veuillez agréer, Monsieur l'Administrateur, l'assurance de ma considération distinguée.

» Signé : J.-J. LAGUERRE, *Maire.* »

Et comme on ne peut se résoudre dans votre Etablissement hospitalier à pratiquer complétement la sincérité, voici la lettre que m'envoie en réponse M. le Receveur. Elle est datée du 14 décembre pour les besoins de la cause, mais ne m'est parvenue que le 16 :

« Monsieur le Maire,

» Je viens d'a prendre la visite que vous avez faite, hier, à l'Hospice, por contrôler le service des malades. Je crois utile de vous donner quelques explications sur la situation dans laquelle j'ai trouvé le service, en prenant l'intérim du secrétariat, lors de la révocation de M. Thiébaut.

» Ne trouvant pas sur le petit registre usuel, dit contrôle, en tête de chaque service, l'indication du nombre des lits affectés à ce service, j'ai demandé à M. Thiébaut les renseignements nécessaires pour réparer cette omission.

» En ce qui concerne spécialement les malades traités par l'Hospice *sur sa propre dotation*, il m'a répondu : six lits au moins, et huit au plus, pour les hommes comme pour les femmes. Et comme je lui paraissais étonné de ces nombres, *qui laissaient beaucoup à l'arbitraire et s'écartaient de ceux portés au règlement*, il ajouta : La Commission administrative, à une certaine époque, par suite de la diminution et de l'insuffisance des revenus de l'Hospice, a modifié le règlement et diminué le nombre des lits dans chaque service. Mais le Secrétaire, M. *Ponsignon*, a oublié de consigner ces modifications au registre des délibérations.

» M. Thiébaut aurait pu ajouter : Et j'ai toujours négligé de réparer *l'oubli impardonnable* de mon prédécesseur.

» *Cette diminution* du nombre des lits paraît avoir été *de 2 à 3* dans chaque service, au rapport de M. *Harpin*, économe, que j'ai consulté.

» Néanmoins, j'ai appelé immédiatement l'attention de la Commission administrative *sur une situation si fausse et si peu régulière, maintenue, à son insu certainement*, par un employé qui trompait ainsi la confiance absolue qu'elle avait mise en lui.

» La Commission *s'en est émue* et a chargé *de suite deux de ses membres* d'étudier la question et de *lui soumettre des propositions*, en même temps que sur d'autres points du règlement. En attendant, elle a donné l'ordre de ne jamais descendre au-dessous de 8 lits de malades pour les hommes, et de 10 lits pour les femmes.

» C'est sur ces bases provisoires que se font les admissions de malades, depuis le 1ᵉʳ septembre, époque où j'ai pris le service.

» Signé : FLORENTIN, *Receveur.* »

Cette lettre, Messieurs, est la condamnation de la Commission et de son Receveur qui, à la date du 14 décembre dernier, semblent ignorer les faits qui se passent à l'Hospice sous leurs yeux, au sujet des lits à guérison, alors qu'ils ont la témérité d'avancer dans leur factum, page 22, que le Maire et les Conseillers municipaux connaissent depuis longtemps cette situation.

Vous avez le droit, Messieurs, de renvoyer à vos adversaires l'accusation portée contre vous, et de qualifier très-sévèrement la conduite de M. Florentin, promoteur de la diminution des lits, qui a l'audace d'accuser M. Thiébaut, alors qu'il est, lui, le principal coupable en cette affaire.

La Commission a si bien compris qu'elle était dans son tort, qu'à la date du 20 décembre, elle déléguait près de la Municipalité un de ses membres, M. Charles Mayeur, chargé de lui donner l'assurance que la Ville serait indemnisée de la valeur des journées qu'elle avait payées en trop, dût la dépense, incombant à l'Hospice, s'élever à 12, 15 ou 20,000 francs.

Je vous demande pardon, Messieurs, de m'être étendu si longuement sur cette question, mais, par son importance, elle demandait à être traitée spécialement, et il fallait prouver à vos adversaires que, sur ce terrain comme sur tous les autres, ils sont complétement répréhensibles et en dehors des règlements.

Vos adversaires, Messieurs, refusent d'entrer dans le détail des luttes intestines dont l'Hospice est le théâtre, depuis plusieurs années, et ils ont peut-être raison de garder un silence prudent.

Je n'ai pas le même motif qu'eux, et je vais avoir l'honneur de vous dire les faits qui se sont produits :

Le 1er juin dernier, M. Thiébaut, secrétaire, a révélé à la Commission administrative plusieurs faits de comptabilité occulte.

C'était son devoir !

A l'appui de sa déclaration, il a produit des pièces justificatives qui ne pouvaient laisser aucun doute sur l'existence de ces faits dont le principal auteur était sœur Emmanuel, chargée de l'entretien du jardin, de la basse-cour et de la distribution du vin.

Après avoir entendu les explications de cette religieuse et de Mme la Supérieure; — celle-ci menaçant de quitter l'Hospice avec toutes ses compagnes, si sœur Emmanuel était renvoyée ; M. Thiébaut, de son côté, manifestant l'intention formelle de sortir de l'Etablissement, si cette même sœur était conservée ; — la Commission ne pouvait hésiter, et elle décida, à l'unanimité moins une voix, que Mme la Supérieure de Saint-Charles serait priée de rappeler immédiatement sœur Emmanuel.

Comme président, j'ai dû assurer l'exécution de cette décision.

Les deux membres absents au moment du vote (MM. Charles Bompard et Tripied, curé-archiprêtre), émus du départ de la religieuse, ont fait avec l'opposant, M. Yvon, les démarches les plus actives près de M. de Tourville, préfet de la Meuse, afin d'obtenir une réunion extraordinaire que j'avais cru devoir leur refuser.

L'un d'eux serait allé à Nancy, pour provoquer des réclamations de la part de M. le Supérieur ecclésiastique de la Congrégation de Saint-Charles.

Ces réclamations n'ont pas tardé à se produire, et j'ai dû échanger avec M. de Tourville et M. le Supérieur ecclésiastique une correspondance assez vive.

Dans la séance du 6 juillet, j'en ai donné lecture à la Commission, et, en présence des protestations peu parlementaires des trois administrateurs désignés plus haut, qui se seraient certainement abstenus, sous un gouvernement régulier, j'ai demandé une enquête, afin de jeter la plus grande lumière sur les faits incriminés.

Une Commission d'enquête a été immédiatement nommée et s'est trouvée composée de MM. Bompard, Mayeur et Tripied. Il avait été *formellement* convenu que je devais la présider ; — MM. Chemery, Vivien et Thiébaut, secrétaire, en ont témoigné par écrit ; — mais au moment de fonctionner, cette Commission a méconnu mon droit.

Il est vrai que M. de *Fourtou*, ministre, consulté par M. de *Tourville* avait, contrairement à la loi et aux usages, pensé que je n'étais pas fondé à revendiquer la présidence.

Vous remarquerez, Messieurs, que le ministre du 16 Mai n'a pas osé assumer la responsabilité de nier positivement mon droit.

J'ai alors protesté contre cette façon d'agir de membres d'une Commission qui, se sentant sûrs de l'impunité, répondirent à mes justes observations par une dédaigneuse fin de non-recevoir.

Il faut dire aussi que, dans la séance du 6 juillet, quelques membres, que je n'ai pas besoin de désigner, n'avaient pas craint d'exercer une vive pression sur la Commission administrative en faisant connaître que Monseigneur l'Evêque de Nancy se proposait de rappeler la Communauté entière dans le cas où sœur Emmanuel ne serait pas réintégrée à l'Hospice de Bar.

L'enquête eut donc lieu illégalement et, bien que faite dans des conditions de partialité manifeste, elle fut obligée d'accepter comme *exacts* les faits révélés par M. Thiébaut.

Vous en trouverez ci-joint le procès-verbal.

Mais en cherchant à approuver ces faits, les trois commissaires enquêteurs se sont mis en contradiction flagrante avec les plus simples règles qui président à la comptabilité, avec le règlement de l'Hospice, ainsi qu'avec une délibération *du 5 mai 1876, par laquelle la Commission donnait l'ordre à ses agents de verser le produit intégral du travail des indigents dans la caisse de l'Établissement.*

Je me permettrai, à cette occasion, Messieurs, de vous rappeler la circulaire de l'honorable M. Ricard, en date du 10 mai 1876.

Vous savez en ce qui concerne les produits en nature l'opinion de ce ministre.

Si donc M. Ricard attache une si grande importance à ce que l'évaluation des objets produits dans les établissements hospitaliers et destinés à y être consommés figure dans les budgets et les comptes, conformément aux prescriptions du 25 septembre 1841, il est évident qu'il entend à plus forte raison *que les prix de tous les autres produits fabriqués pour le dehors ou vendus* ne soient pas dissimulés et ne constituent pas ainsi la comptabilité occulte.

Pendant que les trois commissaires procédaient à l'enquête ou plutôt, pour me servir d'une expression populaire, cherchaient à mettre la lumière sous le boisseau, je faisais de mon côté une contre-enquête qui vous a été soumise.

Dès le 9 juillet, Messieurs, je portais les faits à la connaissance de M. le premier Président de la Cour des comptes et, le 19 même mois, je lui adressais des renseignements détaillés qui sont en ce moment soumis à l'examen de la Cour. Celle-ci, d'accord avec M. le Ministre de l'intérieur, a décidé l'envoi à Bar-le-Duc d'un Inspecteur général des Établissements de bienfaisance, et M. *Claveau* est venu en effet procéder à une vérification dont j'attends les résultats avec confiance.

Dans la séance du 11 août, mon autorité a été non-seulement méconnue par quelques membres de la Commission, mais bravée par l'un d'eux, qui s'est permis de mettre les questions aux voix et de s'attribuer un rôle qui ne lui appartenait pas.

Dans cette même séance, la Commission a décidé, par 5 voix sur 8 membres présents, dont trois se sont abstenus ou ont protesté, que sœur Emmanuel serait rappelée et que la révocation de M. Thiébaut serait demandée au Préfet.

Ainsi se trouvaient renversés les rôles.

Puis, le procès-verbal de cette séance du 11 août a été *rédigé immédiatement* par *je ne sais qui* et envoyé à la signature des administrateurs, à domicile.

Cinq l'ont accepté ; les deux autres et le Président ont refusé d'apposer leur signature au bas d'un acte empreint d'une pareille illégalité.

Néanmoins, et bien qu'il eût été renseigné par M. le Pasteur Vivien, *alors Administrateur de service*, M. le Préfet de la Meuse a pris son arrêté de révocation à la date du 18 août.

En présence de semblables faits, qui ont profondément ému le public, et du rappel de sœur Emmanuel, véritable soufflet adressé à la Municipalité, par suite du passage à l'ennemi de deux membres de la Commission qu'on avait intimidés, j'ai cru devoir cesser momentanément mes fonctions de Président, et M. le Pasteur Vivien, de son côté, a pensé qu'il y allait de sa dignité de prendre la même attitude.

Tel est, Messieurs, l'historique des faits que vos adversaires ont vainement essayé de dénaturer.

Je vais, à présent, leur répondre sur les questions posées, à savoir :

1° Sur la gestion du jardin de l'Hospice ;

2° Sur celle de la pharmacie ;

3° Sur la situation actuelle de votre Établissement hospitalier.

Je le ferai d'une façon brève, vos adversaires n'ayant détruit aucune des affirmations de votre rapport du 12 décembre dernier.

Mais, avant, vous me permettrez de répondre à une attaque perfide, dirigée contre moi, et qui se trouve inscrite à la page 23 du factum.

La voici :

« Quant à M. le Maire de Bar-le-Duc, principal auteur de » cette campagne, c'est vainement qu'il tenterait de faire

» oublier la part dominante qu'il a prise à la gestion de
» l'Hospice comme Président de la Commission administra-
» tive. A-t-il fait une seule observation sur le système admi-
» nistratif adopté ? A-t-il fait entendre une protestation
» quelconque ?

» *JAMAIS !* »

Ce qu'affirment si carrément les auteurs du factum est
une aimable plaisanterie, d'abord ; une erreur, ensuite.

A ce sujet, je les engage à relire la dépêche de M. de
Fourtou à M. de Tourville, en date du 10 juillet 1877. Ils ne
pourront, eux, en contester la valeur.

Si, contre mon attente, ils l'essayaient, je voudrais bien
qu'ils pussent vous expliquer, Messieurs, *la part dominante*
qu'il est permis, de par la loi, *à un Maire de prendre à la
gestion* d'un établissement hospitalier.

Cette gestion, que je sache, appartient aux administrateurs
seuls. Le rôle d'un maire est très-limité. Il consiste à présider ou à faire présider par un de ses adjoints, en cas
d'absence, les réunions mensuelles ; à envoyer copie des
délibérations à la Préfecture ; accepter avec ses collègues,
les yeux fermés, les comptes et budgets préparés soi-disant
par deux délégués, en réalité par le Receveur. — Je le sais
depuis peu, car on nous a fait approuver, à la date du 6 juillet
d'une année quelconque, des comptes qui n'ont été établis
que le 11 août suivant. —

Le Maire ne signe aucune pièce de comptabilité et ne doit
s'immiscer ni au service des enfants assistés, ni aux travaux divers, ni à la surveillance, ni à la correspondance.

Ces soins regardent spécialement le tuteur, nommé *ad hoc*,
et les autres administrateurs qui, à tour de rôle, prennent
leur mois de service.

Son rôle consiste encore à faire les honneurs de l'Etablissement aux inspecteurs généraux, aux médecins en chef et
aux autorités départementales qui le visitent.

En dehors de ces minces attributions, il n'est qu'un Président constitutionnel *présidant* mais ne *gouvernant* pas ; ou
plutôt je me trompe : à Bar-le-Duc, on lui conteste même le
droit de présidence !

Il est vrai que plusieurs membres de la Commission ne
connaissent pas le régime parlementaire.

Ceci posé, je vais examiner, Messieurs, la valeur du

fameux jamais ! que vos adversaires et les miens ont lancé avec l'énergie et la conviction de nouveaux *Rouher* !

N'en déplaise à ces messieurs, depuis que je suis maire, je n'ai pas manqué une seule occasion de m'élever contre les marchés de gré à gré, chers à la majorité de la Commission et à M. Yvon.

J'ai toujours pris la parole contre ce mode d'opérer, contraire à la loi, qui le tolère *exceptionnellement*, mais réclame le système des adjudications publiques.

J'ai protesté également contre les constructions ou réparations d'une dépense considérable, entreprises par certains administrateurs, coutumiers du fait, à l'insu de la Commission, — qu'on consultait au moment de payer la carte ; — et de la Préfecture, dont on se jouait, en lui présentant des mémoires fractionnés (1).

J'ai protesté, en 1876, contre la participation de M. Baudot-Henry, Receveur municipal de la ville de Bar, à l'administration de l'Hospice civil, et comme il avait manqué gravement à un de mes adjoints faisant fonctions de Maire, j'ai, malgré l'amitié que j'avais pour lui, exigé sa démission.

J'ai, en 1876, au sujet de la nomination de M. Chemery, en remplacement de M. Baudot-Henry, réclamé énergiquement près du Préfet de la Meuse contre les agissements de M. Charles Bompard, qui s'était permis, pour faire casser cette élection peu agréable à la coterie, de... comment dirai-je ? — modifier la délibération prise.

J'ai l'honneur, Messieurs, de vous soumettre la pièce en question, écrite entièrement de la main de M. Bompard.

J'ajouterai que le Préfet et le Ministre de l'intérieur m'ont complétement donné raison.

J'ai protesté également contre les actes de la Commission vis-à-vis du département.

Et plus tard, alors que M. Thiébaut m'eut fait ses révélations, n'ai-je pas demandé immédiatement la cessation et la répression des abus qui se produisaient dans l'Etablissement ? Ai-je hésité une minute à engager la lutte contre une coterie sûre de l'impunité, alors que la Préfecture était occupée par un agent de M. de Fourtou ; que la réaction triomphait, et que la presse, bâillonnée, ne pouvait défendre les intérêts de la ville de Bar-le-Duc ?

(1) On trouvera aux notes explicatives une lettre délicieuse de M. Florentin, Receveur, relative à cette façon d'opérer. Je la recommande aux lecteurs.

A mon tour, Messieurs, n'ai-je pas le droit de dire à vos adversaires et aux miens : Votre factum n'est qu'un long tissu d'erreurs ; la vérité, vous ne la dites jamais!

I

DE LA GESTION DU JARDIN DE L'HOSPICE

La réponse de la Commission administrative à votre Rapport du 12 décembre est, sur ce point, d'une faiblesse d'argumentation qui ne mérite pas une réfutation.

Vos adversaires trouvent bon, pour la défense de sœur Emmanuel, de récuser les témoignages fournis par votre rapporteur, sous prétexte que leurs auteurs sont prêts à démentir l'interprétation donnée à leurs paroles.

Que dire de cette façon de discuter?

Piquet, de Vavincourt, le fournisseur de braises, a entièrement écrit, à son domicile, le certificat que vous possédez ; Lallemand a dicté sa déposition à M. Jacquet, adjoint, en ma présence et celle d'autres personnes qui se trouvaient à la mairie ; il l'a signée, après lecture, en connaissance de cause ; Mme Déliau est venue chez moi, le 7 août dernier, et m'a fait sans pression aucune sa libre déclaration.

Ces mêmes personnes, disent vos adversaires, désavouent aujourd'hui leurs actes d'hier ! Cela ne prouve rien, ou plutôt prouverait qu'elles ont peu de fermeté de caractère ou qu'elles ont pu céder à certaine intimidation.

Ce ne serait pas la première fois qu'on agirait de la sorte à l'Hospice de Bar-le-Duc et, si on osait affirmer le contraire, je répondrais par la déposition de Mme Froment, relative aux actes qui se sont produits avant 1876. Je ne vous l'ai pas communiquée parce que vous n'aviez à vous occuper que de l'exercice 1876 ; mais M. l'Inspecteur général Claveau en a pris note. Elle est accablante pour sœur Emmanuel, et se termine ainsi :

« Quand j'ai été appelée devant MM. Tripied et Bompard » et un autre Monsieur, que je ne connais pas, j'ai été telle- » ment émotionnée que je n'ai pu me rappeler les faits que

» je signale aujourd'hui à M. le Maire en toute sincérité et
» en toute tranquillité d'esprit.

  » Bar-le-Duc, le 7 août 1877.

   » Certifié exact.

    » Marie-Louise CHÉRY, femme FROMENT. »

La déposition de Mme Froment n'est pas la seule que je
possède ; j'en ai d'autres entre les mains et notamment celle
de M. Charles Morel, ancien jardinier-chef de l'Hospice de
Bar-le-Duc, pendant treize ans, actuellement jardinier à son
compte. Il déclare formellement que sœur Emmanuel
« aussitôt son entrée à l'Hospice, 1864, s'est mise en rapport
» avec Mme Remy-Taillandier, et pendant ses absences, ses
» repas, venait clandestinement et en passant par la porte de
» derrière, enlever ce qu'il y avait de plus beau dans le
» jardin pour le vendre ». Il ajoute : « qu'il s'en est plaint
» à M. Collin-Parisot, administrateur, qui a défendu expres-
» sément à la sœur de toucher à quoi que ce soit sans son
» autorisation ».

MM. les auteurs du factum viendront-ils mettre en doute
l'affirmation de M. Charles Morel ? Et que devient l'autorisation des anciens administrateurs ? Je ne vous avais
pas, Messieurs, communiqué cette pièce, parce qu'elle a
rapport aux faits qui se sont produits en 1864, 65 et 66 ;
mais elle a été soumise à M. l'Inspecteur général.

M. Richelet, ancien jardinier-chef de l'Hospice, aujour-
d'hui établi à son compte, a lu le fameux mémoire, en réponse
à votre Rapport. Il maintient expressément les renseignements qu'il a fournis ; il affirme qu'en août 1877, un des
membres de la Commission d'enquête l'a fait venir chez lui
et a voulu lui persuader qu'il s'était mis dans une situation
critique en déposant comme il l'avait fait.

M. Richelet ne tint aucun compte de cette observation
intéressée, et il vient de m'adresser, à la date du 16 mars
courant, une lettre dont voici quelques extraits :

Les auteurs du factum oseront-ils dire qu'elle a été dictée ?

« Ma sortie de l'Hospice ne date que du 1er septembre 1874 ;
» c'est dans le courant de cette année que les ventes des pro-
» duits du jardin ont donné le chiffre de 1,400 francs, que je
» viens vous affirmer que, loin d'être exagéré, comme le
» prétend le rapporteur du mémoire, il n'est pas arrivé à

» son maximum ; car, comme je vous l'ai démontré dans ma
» déclaration, pendant que Mme Froment vendait, il y avait
» aussi Mme Délian et Mme Bolette, plus les beaux légumes
» destinés à Mme Remy-Taillandier. »

Plus loin :

« Enfin, j'arrive à la question des notes que le Rapporteur
» déclare que je n'en ai pris aucune. Je le prie qu'il se donne
» la peine, pour se convaincre de la chose, de faire une des-
» cente au domicile de Mme Froment, lui demander si je ne
» suis pas allé chez elle, entre le 15 ou le 20 août 1874, la
» prier de me montrer le livre de ses ventes à titre de ren-
» seignements ; ce qu'elle me montra sur-le-champ, et j'en
» pris note exactement, en récapitulant le chiffre de la vente
» et ceux qui lui avaient été payés, car, je vous le déclare,
» cette dame était parfaitement en ordre. Donc, sur ce point,
» je prouve au Rapporteur que j'avais des notes exactes, et
» je maintiens le chiffre de 1,400 fr. pour la vente annuelle.
» En supposant que j'aie négligé la somme payée au reven-
» deur, je crois que les trois autres personnes, dont je cite plus
» haut les noms, ont vendu largement pour les solder toutes.
» Non-seulement dans la période de cette année, mais pen-
» dant la durée des sept années de mon séjour à l'Hospice,
» ce chiffre a atteint le maximum, car je me souviens parfai-
» tement que Mme *Gardeur*, en 1869, a déclaré à une autre
» dame qu'elle avait fait des ventes pour l'Hospice qui avaient
» monté à 60 fr. dans un jour.
» Le but de mes investigations, le voici : Ayant des inten-
» tions de m'établir à mon compte, j'ai prié Mme Froment,
» dans ce but, de me montrer ses notes, à seule fin que je
» puisse établir et mettre en différence les recettes avec les
» dépenses, autant que possible, pour voir s'il y aurait
» bénéfice.
» Voilà mon langage, tenu à cette dame ; preuve convain-
» cante : j'y suis (— établi —) ».
Suivent d'autres renseignements que M. Thiébaut pourra
utiliser et que je lui communiquerai.

Et maintenant, Messieurs, qu'auront à répondre à ces
dépositions si nettes, si précises, vos adversaires ?
Rien ! Rien !
Le chiffre annuel des ventes des légumes du jardin, faites

par des tiers, est donc bien au minimum de 1,400 fr. Il convient d'y ajouter, puisque ces ventes n'avaient lieu que pendant trois mois, du 1ᵉʳ avril au 30 juin, le montant des recettes effectuées directement par l'Hospice, d'après les comptes de l'Econome, savoir :

A divers, en juillet....................	200 »
A divers, en septembre....................	180 »
Au marché, en novembre....................	60 »
A Laskosky, 250 kil. raisin, en octobre........	35 »
Total...........	475 »
qu'il faut ajouter à la somme de............	1.400 »
et pour vente d'autres produits	60 »
Soit...........	1.935 »

Et comme la sœur Emmanuel n'a versé dans la Caisse hospitalière que 740 fr., elle a à justifier l'emploi de la différence, soit fr. 1,195.

Votre rapporteur, Messieurs, connaissait les nouvelles recettes que je vous soumets ; mais il s'est bien gardé de les signaler à votre attention, afin de laisser vos adversaires se perdre dans le dédale de leur comptabilité occulte et les confondre plus facilement.

C'est en vain qu'ils objectent les sommes payées aux esherbeuses par sœur Emmanuel. *Toutes* les dépenses provenant de ce chef ont été notées par l'Econome. MM. Richelet et Morel vous certifieront qu'eux et leurs aides avaient soin d'esherber eux-mêmes, en temps utile, et je puis vous prouver, pièces à l'appui, que Hubert et Main, en 1876, et en dehors des jardiniers habituels, ont dépensé 191 journées à l'entretien et au nettoyage du jardin.

Ceci posé, il est donc bien acquis que les recettes du jardin se sont élevées, en 1876, à la somme de 1,935 fr. et qu'il n'a été encaissé que 740 fr.

Pour votre gouverne, je vous donne, Messieurs, l'état des dépenses exceptionnelles occasionnées par l'emploi d'esherbeuses de 1872 à 1877.

1872....................	17 50
1873....................	51 25
1874....................	47 »
1875....................	15 »
1876....................	19 50

Libre, après cela, à MM. les auteurs du factum de chercher à faire de l'esprit de mauvais aloi aux dépens de votre rapporteur qu'ils traitent d'herboriste. Votre honorable collègue dédaigne leurs méchantes plaisanteries et se contente de leur opposer des chiffres indiscutables.

Ils feraient mieux assurément d'expliquer l'emploi des sommes que vous ne voyez figurer nulle part et de vous dire ce que Mᵐᵉ la Supérieure ou sœur Emmanuel faisait de l'argent reçu pour vente de braise à plusieurs personnes de la Ville que je pourrais citer.

II

DE LA GESTION DE LA PHARMACIE

J'aborde enfin cette question, si embarrassante pour vos adversaires, obligés de s'incliner devant l'authenticité des faits que vous avez signalés et essayant, pour sauver les apparences, de prendre un ton badin qui ne sied guère à leur situation.

Vous étiez en droit d'obtenir d'eux des explications plausibles sur la gestion de la pharmacie, et ils se contentent, pour masquer leur défaite et leur impuissance, de vous répondre par des plaisanteries.

Vous les avez mis, Messieurs, dans l'obligation d'accepter vos chiffres et de rectifier leur comptabilité. Cela ne suffit pas. Il faut les pousser dans leurs derniers retranchements et les forcer à avouer la vérité, toute la vérité.

Mais avant, permettez-moi de vous donner communication de l'article 68 du règlement de l'Hospice, et de vous faire un exposé rapide des dissentiments qui, depuis un certain nombre d'années, ont existé entre les diverses Municipalités de la ville de Bar-le-Duc et les Commissions hospitalières, au sujet du fonctionnement de la pharmacie.

Voici d'abord l'article en question :

« La pharmacie est confiée à l'une des sœurs hospitalières;
» La sœur pharmacienne, en ce qui concerne son service,
» est soumise à la surveillance spéciale du médecin et du
» chirurgien. Elle doit se conformer à leurs prescriptions
» pour la préparation et la distribution des médicaments
» aux malades ;

» *La vente des remèdes au dehors est formellement interdite ;*

» Tout le temps qu'un pharmacien ne sera pas attaché à
» l'Etablissement, les remèdes *officinaux* devront être *fournis*
» *par un pharmacien du dehors ;*

» La sœur chargée de la pharmacie pourra distribuer des
» médicaments aux malades et préparer seulement ceux que
» l'on appelle *magistraux.* »

Ainsi, d'après le règlement, il est défendu de vendre les
médicaments, et vous avez vu cependant qu'en 1876, on en
avait fourni au public pour la somme de 24,000 fr.

Ce sont vos adversaires qui avouent ce fait, en ajoutant
également «que le revenu de la pharmacie peut être évalué
» bon an, mal an, au chiffre de **17,960 francs.** »

Que vous êtes loin, Messieurs, du déficit signalé en 1876,
et qui s'élevait, d'après les comptes *intentionnels* de M. le
Receveur de l'Hospice, à la somme de 220 fr. 05.

Vous aurez assurément de la peine à comprendre, après
cet aveu forcé, que vos adversaires aient l'impudence ou la
naïveté de s'écrier : *Quoi de plus simple et de plus inoffensif ?*

Vous comprendrez plus difficilement encore qu'ils se permettent de dire :

« On ne peut trouver d'autre mobile que l'intérêt privé
» dans cette lutte engagée contre l'institution *éminemment*
» *charitable* de la pharmacie de l'Hospice, qui rend à la popu-
» lation ouvrière de cette ville des services incontestables et
» de toute nature. »

Oui, elle est excellente pour la caisse hospitalière, cette institution éminemment charitable, qui, *bon an, mal an*, gagne
plus de cent pour cent sur les produits *qu'elle vend et ne donne
pas !* et réalise ainsi 18,000 fr. de bénéfices ; qui fabrique de
la pommade sur une grande échelle et fait concurrence aux
parfumeurs sans payer patente ; qui accorde gratis les médicaments aux pauvres, sur le vu des bons que le Bureau de
bienfaisance et la Mairie doivent acquitter ! Oui, elle est
excellente et charitable, cette œuvre qui, marchant sur les
traces de la *Maison du Pont-Neuf*, annonce, par la voie des
journaux, la vente de ses produits à très-grand rabais !

J'ai parlé de dissentiments antérieurs et je m'empresse,
Messieurs, de vous communiquer à ce sujet l'opinion de
M. le docteur Baillot, auteur d'une notice très-remarquable
sur l'hospice de Bar-le-Duc.

M. Baillot, ancien Inspecteur des Etablissements de bienfaisance de la Meuse, connaît la question à fond.

Après avoir rappelé les dispositions prises par le Conseil
de santé de la ville de Paris, il ajoute :

« En réglementant ainsi cette partie du service de santé
» dans les hôpitaux, on avait incontestablement pour but
» *de prémunir les malades contre les erreurs*, d'autant plus
» faciles à commettre qu'elles sont *le plus souvent le résultat*
» *d'un défaut de connaissances auxquelles le zèle et le dévoue-*
» *ment ne pourront jamais suppléer*. Malgré ces prescriptions,
» l'administration de l'Hôpital de Bar s'affranchit non-
» seulement de l'obligation de recourir à un pharmacien
» pour se procurer les médicaments nécessaires à la Maison,
» mais elle chargea une sœur de les préparer tous indistinc-
» tement et en autorisa la vente au public.

» De là des plaintes adressées tant à l'administration qu'à
» l'autorité judiciaire par les pharmaciens de la ville,
» en 1828, et rappel à l'ordre fait par le Préfet, sur l'invita-
» tion du Ministre. — Mais la Commission ne tint aucun
» compte de cet avertissement.

» Les pharmaciens réclamèrent de nouveau, le 29 jan-
» vier 1844, et s'adressèrent cette fois au procureur du roi,
» lequel prescrivit aussitôt d'avoir à cesser cette vente.

» La Commission ne vit d'autre moyen d'éluder cette
» prescription que de confier la gestion de son officine à un
» jeune pharmacien auquel elle alloua, avec la nourriture
» et le logement, un traitement de douze cents francs par an.

» Cette mesure n'ayant point été ratifiée par le Ministre,
» le Préfet dut, le 16 avril suivant, notifier ce refus à la
» Commission et interdire à la pharmacie de l'Hôpital de
» vendre tous médicaments, fussent-ils préparés par un
» pharmacien. La Commission résista à cette nouvelle
» injonction ; mais le Préfet, de son côté, ayant refusé
» d'approuver le traitement du pharmacien, celui-ci fut
» remercié, le 16 février 1845, et la pharmacie, remise entre
» les mains d'une sœur, avec la recommandation expresse
» de ne vendre que les médicaments les plus simples, ce
» dont elle s'est fort peu préoccupée.

» Quatre années plus tard, les membres du jury médical
» ayant signalé au Préfet, dans leur rapport de 1849,
» l'Hôpital de Bar, comme se livrant illégalement à la vente

» des préparations pharmaceutiques, la Commission fut
» invitée à s'expliquer sur ce fait et répondit le 6 août 1852,
» que tout en reconnaissant l'exactitude du fait elle ne se
» croyait pas coupable de la moindre infraction (1).

» Elle demandait qu'on voulût bien tolérer la vente parce que
» s'il en était autrement l'Hôpital se trouverait privé d'un
» des principales sources de ses revenus, ce qui le mettrait
» dans la dure nécessité de renvoyer une partie des vieillards.

» Plus tard, sur les observations de l'Inspecteur général
» des Établissements de bienfaisance, le Préfet reçut, le
» 20 novembre 1852, du Ministre de l'intérieur, l'invitation
» *de prévenir le Maire* d'avoir à faire cesser cette vente :
» invitation à laquelle ce fonctionnaire dut naturellement se
» conformer, et dont il n'a été tenu aucun compte.

» Enfin, à une nouvelle réclamation des pharmaciens,
» adressée au Maire, M. Bompard, comme président de la
» Commission administrative de l'Hospice, celle-ci répondit
» dans sa séance du 7 janvier 1870, en donnant purement et
» simplement acte à ce magistrat de sa communication.
» *Et la pharmacie* de l'Hôpital *continue, quand même,* à être
» une officine ouverte au public. »

Vous venez, Messieurs, d'entendre les renseignements
impartiaux et fort exacts fournis par M. le docteur Baillot,
et vous qualifierez, comme il convient, la conduite des administrateurs actuels qui prétendent que « devant l'évidence
» des résultats, obtenus par la pharmacie, chacun comprenait
» qu'il n'y avait qu'à laisser faire ». Aussitôt que j'ai été
renseigné sur les agissements de la sœur pharmacienne et du
*membre de la commission, chargé spécialement par lui-même du
contrôle,* je n'ai pas hésité un seul instant à vous saisir de
l'affaire, et je m'honore d'être « le principal auteur de cette
» campagne contre une gestion occulte et répréhensible. »

Je suis donc autorisé à blâmer, non l'institution de la
pharmacie, — ceci est l'affaire de M. le Ministre de l'intérieur
et échappe à votre compétence — mais la façon dont on la gère.
Je réprouve et vous réprouverez avec moi *une entreprise
commerciale* qui n'ose pas produire ses opérations au grand
jour de la publicité, selon les règles invariables d'une comptabilité loyale, pour éviter, dit-on, « qu'un bénéfice important
» ne tente *l'hostilité des concurrents* et ne provoque le retour

(1) Elle avait eu soin d'attendre le coup d'État de 1851.

» des oppositions et récriminations qui se sont produites an-
» ciennement. »

Malgré la gravité de la situation, vous ne pourrez,
Messieurs, réprimer un sourire en voyant les pharmaciens
de la ville de Bar ainsi transformés en concurrents de l'Hospice ; mais, en dépit de doléances et de craintes étranges,
vous réclamerez la répression des abus et le rappel aux
prescriptions du règlement, tout en rendant justice aux
sœurs de Saint-Charles qui, *en dehors de l'officine*, et s'inspi-
rant d'un esprit vraiment chrétien, visitent les pauvres, les
infirmes, les malades du Bureau de bienfaisance et leur pro-
diguent les soins les plus touchants.

Vos adversaires voudraient, Messieurs, vous faire passer pour les ennemis implacables des religieuses. Mais le
public sait que vous êtes uniquement hostiles aux faits répréhensibles autorisés par certains administrateurs inconscients
ou complaisants, et il ne se laissera pas tromper davantage :
son opinion est faite sur ce point, comme l'est également, à
l'heure présente, celle du ministère de l'intérieur et de la
Cour des Comptes sur la comptabilité de l'Hospice.

Il vous reste, Messieurs, à examiner quelques questions de
détail qui ont une grande importance.

Je veux parler des bénéfices réalisés par la pharmacie et
démontrer qu'on ne les a pas portés intégralement aux
comptes qu'on vous présente aujourd'hui, depuis 1872 jusqu'à fin de 1877, *d'après les écritures tenues jour par jour*.

Et d'abord, vous remarquerez qu'au 1ᵉʳ janvier 1872,
comme au 1ᵉʳ janvier des années suivantes, il n'existe aucune
trace de l'argent qui devrait se trouver dans la caisse de la
pharmacie, bien que Mᵐᵉ la Supérieure paie souvent de fortes
traites dans le courant du mois de janvier, *avec d'autres ressources que celles de l'Établissement*.

Vous noterez également, qu'aux mêmes époques et sur
les comptes-matières déposés à la Préfecture, je n'ai rien
trouvé, concernant les restants en magasins qui doivent
cependant s'élever à une somme très-considérable.

Vous ne verrez inscrites au budget primitif de 1878 ni cette
encaisse, ni cette existence de marchandises, bien que les
administrateurs de l'Hospice l'aient déjà modifié, conformément à votre délibération du 12 décembre dernier et sur
l'injonction que leur a faite M. le Préfet de la Meuse, relativement au budget supplémentaire de 1877.

Par suite de cette rectification tardive, les recettes et les dépenses de la pharmacie s'équilibrent par une somme de 18,000 fr. et vos adversaires reconnaissent implicitement le bien fondé de votre protestation.

Mais vous ne pouvez vous contenter de ce commencement de satisfaction et vous demanderez que la rectification soit complétée.

En effet, Messieurs, si vous voulez établir un état réel de la situation de la pharmacie de l'Hospice pour l'exercice 1878, il convient de faire entrer en ligne de compte :

1° L'encaisse au 1er janvier ;

2° Les sommes dues par divers clients qui ne paient pas au comptant ;

3° La valeur des marchandises existant en magasin au 31 décembre ;

4° Une somme éventuelle de 40,000 fr. environ pour ventes diverses et fournitures à l'Hospice, d'après le décompte suivant :

1° Aux habitants de la ville et de la campagne......... 24.000 »
2° Au bureau de bienfaisance, à la mairie et au service des enfants assistés.................................. 4 800 »
     En 1877 le montant des médicaments ordonnancés par le bureau de bienfaisance et la mairie s'est élevé à la somme de 4467 francs.
3° 10 200 journées de militaires malades, payées par l'Etat — les produits pharmaceutiques délivrés par l'Hospice, à raison de 0 fr. 30 par jour, d'après les calculs de la Commission, que je ne contrôle pas, en ce moment. —
12.000 journées de malades civils, payées par la ville de Bar. — Celle-ci a dépensé en 1877 16,837 33 ; ce chiffre aurait été moindre, si l'Hospice avait tenu à la disposition des indigents 23 lits au lieu de 16 ou de 18.
2.500 journées de malades soignés à leurs frais.
3.000 » » à la charge des communes et du département.
500 » environ pour les vieillards pensionnaires.
200 » à la charge de la Sté de secours mutuels.
200 » à la charge du chemin de fer.
900 » de femmes en couches.
29.500 » à fr. l'une 0 30.................. 8.850 »

Soit un total de................. 37.650 »

A cette somme, il conviendrait toutefois d'ajouter, comme bénéfices acquis à la pharmacie :

1° Les médicaments fournis annuellement au personnel de l'Établissement ;

2° Ceux donnés aux personnes occupant les 49 lits de fondation et les 35 lits à vie ;

3° Ceux à accorder aux indigents de la ville qui doivent jouir des 23 lits à guérison mis à leur disposition par l'Hospice, 23 X 365 jours = 8,395 journées à fr. 0 30, soit encore de ce chef fr. 2518 50, car je ne puis supposer que les indigents non payants ne soient pas aussi bien soignés que les malades pour lesquels la ville de Bar donne 1 fr. 40 par jour.

Vous arrivez donc, Messieurs, à un chiffre de recettes qui ne peut être moindre de 40,000 fr., mais qui, assurément, est beaucoup plus élevé, tandis que la Commission n'en porte que 18,000. Et puisque vos adversaires eux-mêmes avouent que la pharmacie rapporte, *bon an, mal an*, 18,000 fr., ils ne trouveront pas mauvais que, forts des chiffres que je viens de vous donner, vous rétablissiez ainsi le budget de 1878 :

Dépenses. — Achat de médicaments. . . . . . .   18.000 fr.

Recettes. 40.000

Abuserai-je de votre complaisance pour vous entretenir du *tronc* dans lequel on versait *intentionnellement* les bénéfices de la pharmacie ?

N'est-il pas naïf — pour ne pas employer une expression plus sévère — de parler de la clef qui se trouve non entre les mains du Maire de la ville, mais dans celles du Secrétaire général ? Comme si la possession de cette clef pouvait modifier le chiffre des restitutions ou des dons qu'on dépose dans le tronc ! Et des administrateurs sérieux devraient-ils débiter de semblables puérilités ?

Il est encore une question qui m'est adressée, la voici :

« M. le Maire, détenteur à l'heure actuelle de la clef du
» tronc mystérieux, qui sait d'où provenaient les fonds
» déposés dans ce tronc, eût bien fait d'apprendre au Conseil
» municipal la façon dont les choses se passaient avec son
» concours. »

La réponse à cette nouvelle insinuation est facile. Je m'empresse de vous la donner :

MM. Yvon et Charles Bompard, administrateurs, connaissaient *depuis nombre d'années* l'origine de l'argent versé dans le tronc, cela est incontestable. Ils l'avouent, du reste.

Mais ils affirment que leurs collègues étaient au courant de la situation : Cela n'est pas !

M. l'abbé Tripied et M. le pasteur Vivien doivent être mis hors de cause, puisqu'ils ne sont entrés en fonctions qu'en 1877.

Quant à MM. Chemery, Robineau et Mayeur, ils ont appris en même temps que moi l'emploi affecté aux bénéfices de la pharmacie.

Je vais plus loin.

Si on demandait à M. Henry Bompard, maire de la ville de Bar-le-Duc de 1867 à 1874, la source de l'argent trouvé dans les troncs de l'Hospice, je suis persuadé qu'il répondrait négativement.

Toutefois, je serais très-heureux de voir MM. Yvon et Charles Bompard lui poser cette question et de vouloir bien me dire pourquoi les troncs, en l'an de grâce 1867, n'ont pas produit un centime !

L'Hospice n'aurait-il pas vendu de médicaments, pendant 365 jours ?

Question indiscrète, peut-être !

III

SITUATION ACTUELLE DE VOTRE ÉTABLISSEMENT HOSPITALIER

« Grâce à la sagesse de ses administrateurs, l'Hospice de » Bar-le-Duc, disent vos adversaires, est arrivé à un état » réel de prospérité » *qui se traduit en* 1876 et 1877 par des excédants de dépenses de **2.576,19** et **8,000** fr., auraient-ils dû ajouter.

Ce résultat est malheureusement acquis, malgré les revenus de la pharmacie et la subvention annuelle de 10,000 fr. que l'Hospice reçoit depuis le 1er janvier 1870, pour les dépenses faites par les enfants assistés, dépenses qu'il supportait avant la loi du 5 mai 1869 ; malgré les bénéfices énormes réalisés sur les soldats allemands traités dans l'Etablissement, et la diminution de 8 lits à guérison, faite au détriment de la ville de Bar-le-Duc, qui perd de ce fait plus de trois mille francs par année.

Et cette situation, il faut l'attribuer, Messieurs, à la mauvaise gestion de l'Etablissement signalée plusieurs fois par M. Thiébaut à MM. Yvon et Ch. Bompard, notamment en 1875.

En effet, dès cette époque, l'attention de ces deux administrateurs était appelée sur les *proportions effrayantes* que prenaient certaines dépenses ordinaires, telles que l'entretien des bâtiments urbains et ruraux, des propriétés et du mobilier, et sur l'augmentation toujours croissante des objets de consommation, bien que la population de l'Etablissement restât presque stationnaire.

Les deux administrateurs cités plus haut ne voulurent rien entendre, et cependant ils avaient sous les yeux des tableaux fort instructifs.

En effet, de 1861 à 1867, l'entretien des bâtiments n'avait coûté que 22,477 fr. 53.

Il s'élevait de 1868 à 1874 à 34,014 fr. 62.

Différence : 11,537 fr. 09.

Pendant les mêmes périodes : les dépenses du mobilier ont été de 7,153 fr. 76 et 11,407 fr. 39.

Différence : 4,253 fr. 63.

Celles du blanchissage : 7,914 fr. 09 et 9,115 fr. 48.

Différence : 1,201 fr. 39.

Celles de l'éclairage : 4,084 fr. 18 et 4,942 fr. 10.

Différence : 857 fr. 92.

Celles des frais de culture des propriétés.

4,829 fr. 61. — 7,874 fr. 64.

Différence : 3,045 fr. 03.

Soit une somme de 20,895 fr. 06.

Si vous voulez à présent, Messieurs, jeter un coup d'œil sur le tableau des consommations faites à l'Hospice, de 1860 à 1876, vous serez étonnés du développement incompréhensible qu'elles prennent sans motif apparent et vous regretterez assurément de ne pouvoir vous rendre compte de cette situation anormale, puisque contrairement à la loi et aux règlements, l'Hospice de Bar-le-Duc *est le seul dans la Meuse* qui ne fasse ni inventaire général ni compte moral annuel.

TABLEAU DE LA CONSOMMATION DE DIVERSES DENRÉES A L'HOSPICE DE BAR, DE 1860 A 1876

ANNÉES	Nombre total des Journées	Journées de Malades	Journées d'Enfants assistés	Viande de porc	VIN	SUCRE	SEL.	HUILE à manger	HUILE à brûler	TABACS	VIANDE de porc salée dans l'année	VIANDE	LAIT	BOIS.	HOUILLE
				kil.	litres	kil.	kil.	kil.	kil.	kil.	kil.	kil.	litres	stères	kil.
1860	75.817	19.558	13.677	1.635 27	12.950	358 43	1.310 »	172 60	303 45	30 »	1.897 25	12.595 »	14.640 »	242 66	43.350
1861	82.650	25.892	14.786	1.855 98	13.275	371 10	1.500 »	198 10	312 85	41 »	1.933 48	13.509 50	14.600 »	230 70	42.000
1862	82.818	26.250	14.293	2.106 49	17.050	390 30	1.700 »	269 47	384 95	42 »	2.159 04	14.580 25	14.600 »	209 »	42.800
1863	87.756	27.067	13.903	1.906 75	15.500	477 80	1.500 »	232 »	376 16	41 »	2.220 15	13.672 75	14.760 »	266 »	47.690
1864	88.955	29.703	13.618	2.356 09	18.176	435 »	1.800 »	280 70	380 85	46 »	3.051 53	13.799 25	14.640 »	441 »	58.310
1865	89.472	28.557	13.612	2.595 88	17.217	590 »	1.700 »	436 »	429 »	54 »	2.788 93	14.196 50	15.090 »	256 »	45.400
1866	86.576	28.587	13.224	2.589 05	18.813	502 »	1.900 »	347 50	407 50	60 »	2.590 »	13.576 50	15.110 »	201 88	37.490
1867	86.238	28.878	13.708	2.308 15	18.492	607 90	2.000 »	315 30	424 »	56 »	2.516 »	13.116 50	15.070 »	277 »	79.000 (3)
1868	87.798	26.889	13.122	2.451 »	22.069	639 50	2.300 »	309 »	452 50	75 »	»	12.520 65	15.330 »	299 »	64.171
1869	77.295	23.192	3.638	2.184 70	21.079	571 50	2.100 »	455 »	418 »	86 »	2.197 90	9.822 »	15.384 »	238 »	74.500
1870	88.199 (1)	28.897	7.182	1.651 »	25.081	586 35	2.302 »	425 22	416 70	84 50	3.231 »	16.157 »	16.091 »	281 »	89.550
1871	87.581	37.418	2.624	1.915 »	16.717	690 60	1.700 »	306 45	411 50	107 »	1.182 75	14.632 50	19.505 »	171 »	66.047
1872	90.491	50.857	7.196	2.872 50	20.512	621 50	2.106 »	303 50	408 25	105 »	1.946 50	13.987 50	14.582 50(2)	210 »	66.210
1873	89.823	57.223	7.508	2.465 50	21.607	685 10	2.508 60	391 75	533 70	45 »	2.731 50	12.348 75	21.320 »	298 »	85.500
1874	87.659	43.158	6.716	2.363 51	21.665	694 75	2.805 »	541 »	449 50	57 50	2.429 51				
1875	86.125	37.280	5.528	2.012 »	23.262	659 60	2.303 »	509 50	406 »	65 »	1.952 »				
1876	88.801	35.580	7.205	2.421 »	25.873	757 15	2.106 »	528 95	540 95	60 »	2.331 »				

(1) Dans ce chiffre figurent 9.374 journées de soldats français et allemands traités aux Maristes, succursale de l'Hospice.

(2) On achète du lait pour faire du beurre. Avec ce procédé, on dépense aujourd'hui 10.000 litres de lait, en plus, pour fabriquer 300 kil. de beurre, environ. Jolie spéculation.

(3) Création des bains.

J'appelle votre attention, Messieurs, sur quelques chiffres et vous signale ce qu'il y a d'étrange dans ce compte-matières, qui m'a été communiqué par M. Thiébaut, et dont j'avais saisi la Commission, dès juillet 1877.

En 1863, l'Hospice fournit :

87.786 journées en totalité,
dont 27.067   »   de malades,
et 13.903   »   d'enfants assistés.

On dépense :

155 hectolitres de vin,
474 kilos de sucre,
1.500 »   de sel,
232 »   d'huile à manger,
376 »   d'huile à brûler,
41 »   tabac.

En 1868, l'Hospice fournit :

87.798 journées en totalité,   12 de plus qu'en 1863,
dont 26.889 »   de malades,   178 de moins.
et 13.142 »   d'enfants assistés,   761 de moins.

On dépense :

220 hectolitres de vin,   65 hectolitres de plus qu'en 1863.
640 kilos de sucre,   166 kilos »   »   »
2.300 »   de sel,   800 »   »   »   »
369 »   d'huile à manger,   137 »   »   »   »
452 »   d'huile à brûler,   76 »   »   »   »
75 »   de tabac,   34 »   »   »   »

En 1876, l'Hospice fournit :

88.801 journées en totalité,   1.015 de plus qu'en 1863.
dont 34.580 »   de malades,   7.513 de plus qu'en 1863.
et 7.205 »   d'enfants assistés,   6.608 de moins qu'en 1863.

On dépense :

259 hectolitres de vin,   104 hect. de plus qu'en 1863.
757 kilos de sucre,   283 kilos »   »   »
2.100 »   de sel,   600 »   »   »   »
529 »   d'huile à manger,   207 »   »   »   »
541 »   d'huile à brûler,   165 »   »   »   »
60 »   de tabac,   19 »   »   »   »

Par ces états comparatifs des années 1863, 1868 et 1876, vous pouvez apprécier en connaissance de cause la progression constante de la consommation à l'Hospice de Bar, et vous estimerez sans doute qu'il est temps de réagir avec énergie contre une pareille tendance.

Aussi bien, les faits qui se sont produits à l'Hospice, depuis 1840, sont-ils de nature à éveiller dans votre esprit les craintes les plus fondées au sujet de l'avenir de cet établissement.

Fermer les yeux à l'évidence serait une faute impardonnable. Le péril vous est signalé, il faut le conjurer.

Dans une séance précédente du Conseil municipal, au sujet d'une demande faite par la Commission actuelle d'aliéner 1,840 francs de rentes pour rembourser une dette ancienne, je vous ai déjà entretenus du danger qu'il y aurait à faire disparaître les gages qui doivent assurer l'existence et le fonctionnement

des 49 lits de fondation,
des 23 lits à guérison destinés aux indigents,
des 35 lits à vie,

au total, 107 lits.

En effet, Messieurs, au prix moyen de 400 francs pour l'entretien actuel d'un lit, il faut que l'Hospice ait un revenu assuré de 42,800 francs, s'il veut faire honneur à ses engagements et justifier son titre d'établissement charitable.

Or, il ne possède, en rentes sur l'État, que fr.   21.875   »
—   —   sur particuliers..   216   »
Il retire du loyer des maisons et terrains....   1.686   »
—   des fermages en argent............   4.678 45

Soit un total de...........   28.455 45

Dont il faut déduire pour impôts, assurances
et entretien de la ferme et des maisons, environ   1.455 45

Il ne reste plus que...........   27.000   »

Si vous ajoutez encore à cette somme celle approximative de cinq mille francs représentant le revenu *net* des propriétés exploitées, vous arriverez au chiffre de 32,000 francs, somme tout à fait insuffisante pour assurer le service régulier des 107 lits, qui a fonctionné parfaitement *jusqu'en* 1867. Les administrateurs vous diront sans doute qu'il faut compter sur les revenus de la pharmacie, le bénéfice réalisé sur les journées de malades civils et militaires et les subventions de l'Etat et du département. Mais ces ressources, essentiellement éventuelles, peuvent faire défaut en totalité ou en partie, et vous pourrez répondre facilement que si elles étaient si assurées, rien ne justifierait la diminution que la Commission a faite sur le nombre des lits à guérison et à vie.

La vérité est que l'Hospice, qui se targue *d'avoir atteint un état réel de prospérité*, est dans une situation critique.

En effet, depuis 1840, on a vendu pour quatre cent mille francs d'immeubles, consistant en prés, vignes, jardins, bois et fermes, et acquisition a été faite de la ferme de Vadinsaux, qui revient avec la construction de la bergerie à la somme énorme de 182,487 fr., donnant un produit net de 3,000 fr.

Cent dix-huit mille francs de capitaux, provenant de coupes de bois, de divers legs et d'une somme de 39,000 fr. que M. le curé Barry aurait fait verser dans les troncs, ont été absorbés, quand on aurait dû en faire remploi en rentes sur l'Etat pour une grande partie.

C'est donc, en négligeant les revenus de la pharmacie, de l'assistance, les dons divers et la vente des vieux matériaux de l'ancien bâtiment, une somme de 518,000 francs qui a été dépensée.

Mais on a encore acheté divers terrains, d'une valeur de 69,044 fr. 50 et fait des constructions pour 238,173 fr.

De plus, en 1872, les administrateurs, faisant cette fois acte de prudente gestion, ont employé 18,200 francs à l'acquisition de rentes pour reconstituer celles qui avaient été aliénées lors de la conversion du 4 1/2 en 3 %.

En résumé, on a dépensé au minimum la somme de cinq cent dix-huit mille francs et acheté ou construit pour cinq cent huit mille francs qui donnent à peine un revenu de 4,000 francs, puisque l'établissement hydrothérapique, élevé à si grands frais, est une cause de pertes et non de bénéfices. Il convient aussi d'ajouter qu'il est redu par l'Hospice, sur les constructions, 18,000 francs.

Telle est la situation que MM. les administrateurs disent prospère et qu'avec raison vous qualifierez tout autrement.

En présence des documents que je viens de vous soumettre .

et de l'examen du budget primitif de 1878, présenté par la Commission de l'Hospice et soumis à votre sanction, vous n'hésiterez pas, Messieurs, à réclamer énergiquement :

1° La jouissance de tous les lits à guérison destinés à vos indigents ;

2° L'indemnité que l'Hospice doit à la ville de Bar-le-Duc pour privation d'un certain nombre de ces lits, pendant plusieurs années.

Vous rejetterez la demande d'aliénation de 1,840 francs de rentes, et vous n'approuverez le budget de 1878 que sous le bénéfice des modifications proposées par M. le Rapporteur de votre Commission des finances.

Si vous en décidez ainsi, vous ferez acte de justice et vous sauvegarderez les intérêts que le suffrage de vos concitoyens vous a confiés.

J.J. LAGUERRE,

Maire.

Bar-le-Duc, le 23 Mars 1878.

Les conclusions du Rapport de M. le Maire de Bar-le-Duc ont été adoptées à l'unanimité par le Conseil municipal qui, dans sa séance du 27 Mars, a voté également l'impression de ce Rapport.

ANNEXE N° 1

HOSPICE CIVIL DE BAR-LE-DUC

Bar-le-Duc, le 30 juin 1876.

Je suis très-embarrassé de savoir sur quel crédit on peut ordonnancer un à-compte sur le prix de la construction, en 1875, d'un hangar. Cette construction, dont la dépense s'élève à 1.250 fr. 90, a eu lieu sans l'accomplissement d'aucune formalité, *c'est-à-dire sans devis, délibération, approbation préfectorale*, etc., etc. M. l'Econome a fait exécuter les travaux, dit-on, sur l'autorisation d'un administrateur.

M. le Receveur peut-il me tirer d'embarras ?

S. b. h. s.

THIÉBAUT.

Il n'a pas été réservé de crédit ou de portion de crédit sur le budget de 1875 pour cette dépense. On ne peut la payer sur le crédit de 1876 Il faut demander un crédit spécial au budget additionnel de 1876. En attendant, *régulariser*, après coup, si la préfecture veut bien s'y prêter, une *opération faite contre toutes les règles*. Cette régularisation *pourrait être obtenue en prétextant l'urgence absolue* de procéder comme on l'a fait, dans une délibération motivée, et en faisant mettre *au bas d'un mémoire réglé*, ou d'un *décompte des travaux faits* dressé *par l'architecte*, l'approbation préfectorale.

Sans approbation, je ne pourrai rien payer.

(Signé) FLORENTIN, *Receveur*.

ANNEXE N° 1 *bis*

Bar-le-Duc, le 26 juin 1876.

Monsieur Baudot, receveur municipal,

Je regrette vivement l'attitude que vous avez prise vis-à-vis de mes deux adjoints, comme membre de la Commission administrative de l'Hospice civil de Bar-le-Duc.

A vous, moins qu'à tout autre, il appartenait de discuter les droits de vos supérieurs, puisque vous ne faites partie de cette Commission qu'en vertu d'un caprice préfectoral.

Vous ne devez pas ignorer que vos fonctions de receveur municipal sont incompatibles avec celles d'administrateur des établissements de bienfaisance, et, afin de vous éviter de graves désagréments, je vous invite loyalement à donner, pour la fin du mois, votre démission de membre de la Commission de l'Hospice de Bar-le-Duc.

Veuillez, etc,

(Signé) J. J. LAGUERRE.

ANNEXE N° 2

EXTRAIT

DU REGISTRE DES DÉLIBÉRATIONS DE LA COMMISSION ADMINISTRATIVE

DE L'HOSPICE CIVIL DE BAR-LE-DUC

Séance du 1er Juin 1877

Présidence de M. J.-J. LAGUERRE

Etaient présents : MM. J.-J. Laguerre, maire, président ; H. Chemery, Ch. Mayeur, A. Vivien, Robineau et Yvon-Baudin, administrateurs.

La Commission, à l'unanimité moins une voix, prie Mme la Supérieure générale de la Congrégation hospitalière des sœurs de Saint-Charles, à Nancy, de rappeler immédiatement Mme Marguerite Barbier, en religion sœur Emmanuel.

Fait et délibéré en séance, ledit jour 1er juin 1877.

Pour expédition :

Le Maire,

(Signé) J.-J. LAGUERRE.

Bar-le-Duc, le 1er juin 1877.

Madame la Supérieure générale,

J'ai l'honneur de vous adresser une expédition d'une délibération en date de ce jour, par laquelle la Commission administrative de l'Hospice de

Bar-le-Duc vous prie de vouloir bien rappeler immédiatement Mme Marguerite Barbier, en religion sœur Emmanuel.

Veuillez agréer, Madame la Supérieure générale, l'hommage de mon plus profond respect.

Le Maire de Bar-le-Duc,

Président de la Commission administrative
de l'hospice de Bar,

(Signé) J.-J. LAGUERRE.

ANNEXE N° 3

Nancy, le 2 juin 1877,

Monsieur le Maire,

En l'absence de notre Mère supérieure, j'ai pris connaissance de la lettre que vous lui avez adressée en date du 1er courant et de la délibération qui y était jointe.

Serait-il possible, Monsieur le Maire, d'attendre, pour effectuer le changement de ma sœur Emmanuel, le retour de notre Mère qui aura lieu dans trois semaines environ, ou au moins une huitaine de jours, temps nécessaire pour lui faire part de votre demande et recevoir sa réponse ?

Dans le cas contraire, je vous prie, Monsieur le Maire, d'avoir l'obligeance de m'écrire de nouveau, afin que je prévienne la Supérieure de l'Hôpital de renvoyer immédiatement à Nancy ma sœur Emmanuel.

Veuillez agréer, Monsieur le Maire, l'assurance de ma considération la plus distinguée.

Votre très-humble servante,

(Signé) Sœur Marie-Thérèse ADNESSE, *assistante.*

ANNEXE N° 4

Bar-le-Duc, le 4 juin 1877.

Madame,

En réponse à votre lettre du 2 de ce mois, j'ai l'honneur de vous faire connaître qu'il serait préférable de rappeler immédiatement Mme sœur Emmanuel, conformément à la délibération de la Commission hospitalière. Néanmoins, je ne crois pas devoir vous refuser la huitaine,

si vous pensez que ce délai soit nécessaire pour régulariser le changement de cette sœur.

Je ne dois pas vous laisser ignorer, Madame, que la délibération dont
il s'agit a été prise malgré la pression que Mᵐᵉ la Supérieure de l'établissement a cherché à exercer sur la Commission, en lui déclarant que
dans le cas où sœur Emmanuel partirait, elle-même s'en irait aussi avec
d'autres sœurs.

Veuillez agréer, Madame, l'hommage de mon plus profond respect.

Le Maire de Bar-le-Duc,
Président de la Commission administrative,

(Signé) J.-J. LAGUERRE.

A Madame sœur Thérèse, assistante de Mᵐᵉ la Supérieure générale
de la Congrégation hospitalière des sœurs de Saint-Charles à
Nancy.

ANNEXE Nᵒ 5

Bar-le-Duc, le 8 juin 1877.

Monsieur le Maire,

Les Membres soussignés de la Commission administrative de l'Hospice
civil de Bar-le-Duc vous prient de convoquer la Commission pour demain
samedi, à deux heures de l'après-midi.

Ils ont l'honneur de vous saluer.

(Signés) YVON BAUDIN, TRIPIED et CH. BOMPARD.

ANNEXE Nᵒ 6

Bar-le-Duc, le 8 juin 1877.

Monsieur,

Le Président de la Commission administrative de l'Hospice de Bar-
le-Duc a reçu la demande collective que vous avez signée avec deux de
vos collègues à l'effet d'obtenir une convocation extraordinaire pour
demain.

L'objet de cette convocation n'étant pas indiqué, le Président ne
juge pas convenable de l'autoriser.

Il a l'honneur de vous saluer.

(Signé) J. J. LAGUERRE.

A MM. Ch. Bompard, Yvon et Tripied, administrateurs de l'Hospice
de Bar-le-Duc.

ANNEXE N° 7

Bar-le-Duc, le 8 juin 1877.

Madame la Supérieure générale,

Par ma lettre du 4 juin courant, j'ai pris sur moi, en ma qualité de président de la Commission administrative de l'Hospice de Bar-le-Duc, de vous donner, sur votre demande, la huitaine pour rappeler Mme sœur Emmanuel.

Afin de mettre un terme à des démarches qui ne sont susceptibles de faire apporter aucun changement à la décision de la Commission, que j'ai eu l'honneur de vous notifier et dont je suis chargé d'assurer la prompte exécution, je viens vous prier de vouloir bien, par un télégramme, rappeler cette sœur aussitôt la réception de ma lettre, de manière qu'elle puisse se mettre en route pour Nancy dès demain samedi.

Veuillez agréer, Madame, l'hommage de mon plus profond respect.

Le Maire de Bar-le-Duc,
Président de la Commission administrative,

(Signé) J.-J. Laguerre.

A Madame la Supérieure générale des sœurs de Saint-Charles ou à l'une de ses assistantes, à Nancy.

ANNEXE N° 8

Bar-le-Duc, le 9 juin 1877.

Monsieur,

J'ai trouvé, en rentrant hier soir chez moi, votre lettre qui m'a causé une certaine surprise, en m'apprenant que vous refusiez de convoquer la Commission, sous prétexte que l'objet de cette convocation n'était pas indiqué.

Plus confiant que vous, Monsieur le Président, je n'avais pas hésité à m'associer à la demande de mes deux honorables collègues, bien persuadé qu'elle était faite dans l'intérêt de l'Hospice.

La résistance que vous opposez m'oblige à vous rappeler les termes du paragraphe 3 de l'article 5 du Règlement, donnant le droit aux administrateurs de réclamer du président la convocation extraordinaire de la Commission et sans qu'il soit question de l'objet de la réunion.

En conséquence, je viens de nouveau, Monsieur le Président, vous prier de convoquer la Commission administrative de l'Hospice, pour lundi prochain, à deux heures.

J'ai l'honneur de vous saluer.

(Signé) YVON-BAUDIN.

A Monsieur le Maire de Bar-le-Duc, président de la Commission administrative de l'Hospice.

— M. Yvon a mal lu le paragraphe 3 de l'article 5 du règlement de 'Hospice. —

ANNEXE N° 9

Nancy, le 11 juin 1877.

A Monsieur le Président et à Messieurs les Membres de la Commission administrative de l'Hospice de Bar-le-Duc.

Messieurs,

Je viens d'apprendre avec le plus pénible étonnement que, en vertu d'une délibération prise par vous, il y a quelques jours, M. le Maire, président de votre Commission, a fait rappeler précipitamment à Nancy, par Mme l'Assistante de la Congrégation de Saint-Charles, et en l'absence de la Supérieure générale, sœur Emmanuel, qui remplissait les fonctions d'*économe* à l'Hospice de Bar.

Le renvoi précipité et comme pris d'urgence, si peu conforme aux usages administratifs que je pratique depuis plus de vingt ans, en qualité de Vicaire général, de Supérieur de diverses Congrégations religieuses et de Membre de plusieurs Commissions administratives, me laisse dans l'esprit des préoccupations sérieuses que j'ai le devoir d'élucider dans l'intérêt de la Congrégation dont je suis le protecteur.

J'ai en effet interrogé la sœur Assistante qui n'a pu me donner des raisons suffisantes pour justifier cette mesure rigoureuse et exceptionnelle, et j'ai dû la blâmer de sa précipitation.

D'un autre côté, je ne puis supposer que sœur Emmanuel ait été victime de la malveillance et qu'on ait pu tromper à son sujet la religion de la Commission administrative. Je ne saurais admettre que les hommes judicieux et honorables qui composent la Commission administrative de l'Hospice pussent jamais se résigner à subir une influence fâcheuse quelconque et à employer, sans une raison grave et certaine, un procédé blessant à l'égard d'une femme et surtout d'une religieuse, et qui frappe dans un de ses membres une communauté dont les services ont toujours été appréciés à Bar, depuis plus de cent cinquante ans.

Je viens donc avec confiance, Messieurs, vous prier de vouloir bien me faire connaître les motifs de la mesure, sans précédent, que vous avez cru devoir prendre à l'égard de sœur Emmanuel et qui doivent m'éclairer sur les devoirs qui incombent au Supérieur de la Congrégation.

Veuillez agréer, Messieurs, l'assurance de ma haute et respectueuse considération.

Le Vicaire général, Supérieur de la Congrégation des Sœurs de Saint-Charles.

(Signé) JAMBOIS,
Vicaire général à l'Évêché de Nancy.

ANNEXE N° 10

Bar-le-Duc, le 14 juin 1877.

A Monsieur le Supérieur ecclésiastique de la Congrégation hospitalière des Sœurs de Saint-Charles, à Nancy.

Monsieur le Supérieur,

Votre lettre du 11 de ce mois vient de m'arriver par une voie indirecte.

Elle renferme, au fond comme dans la forme, une protestation contre la décision de la Commission hospitalière qui, en demandant le rappel de sœur Emmanuel, a usé d'un droit incontestable résultant de l'article 8 du traité intervenu, en 1841, entre la Congrégation de Saint-Charles et la Commission.

Il a donc fallu des motifs bien sérieux et dont l'évidence ne pouvait être mise en doute un seul instant, puisqu'elle résultait de pièces justificatives qui ont été placées sous les yeux de la Commission administrative, pour déterminer celle-ci à prendre, après toutefois avoir entendu les explications de Mme la Supérieure et de sœur Emmanuel, la délibération dont j'ai adressé une expédition à Mme la Supérieure générale le 1er juin. D'ailleurs, quelques uns des faits relevés étaient déjà parvenus, depuis plusieurs mois, à la connaissance de certains Administrateurs par l'organe de personnes étrangères à l'Administration.

La Commission n'a pas cru devoir énoncer ces motifs dans sa délibération, afin de n'en laisser aucune trace dans l'intérêt de la Communauté et de la Congrégation.

Depuis plusieurs années, et malgré des avertissements réitérés, sœur Emmanuel n'a cessé de faire de la comptabilité occulte : ce qui est

formellement défendu par les instructions et engageait ainsi la respon
sabilité des Administrateurs.

Si ce motif, auquel je ne peux donner ici un plus grand développement, ne vous paraît pas suffisant, Monsieur le Supérieur, pour justifier
l'acte de la Commission, vous voudrez bien me le faire connaître, afin
qu'une enquête administrative et minutieuse soit ordonnée pour les
résultats vous en être transmis en même temps qu'à l'autorité supérieure, bien que la Commission soit souveraine dans cette circonstance.
Cette enquête, nous aurions voulu l'éviter dans l'intérêt de la Communauté, mais elle sera notre réponse et nous en laisserons l'entière responsabilité à ceux qui, en dehors de la Congrégation et de vous, pourraient
la provoquer par leurs démarches et leurs protestations imprudentes.

En terminant, j'ajouterai que Mme l'Assistante a été bien inspirée en
se rendant au désir de la Commission, afin d'éviter un conflit dont on
n'aurait pu prévoir les conséquences, car la Commission n'entend laisser
porter aucune atteinte à son autorité dans cette circonstance.

Malgré les renseignements que je viens d'avoir l'honneur de vous
donner, Monsieur le Supérieur, votre lettre sera soumise en temps
opportun à la Commission, si je ne reçois pas d'avis contraire de votre
part.

Veuillez agréer, Monsieur le Supérieur, l'assurance de ma considération la plus distinguée.

Le Maire de Bar-le-Duc, Président de la Commission
administrative de l'Hospice de Bar-le-Duc,

(Signé) J.-J. LAGUERRE.

ANNEXE N° 11

CABINET DU PRÉFET
DE LA MEUSE
Bar-le-Duc, le 15 juin 1877.

Monsieur le Maire,

Je suis informé que plusieurs membres de la Commission administrative de l'Hôpital de Bar-le-Duc ont le désir de délibérer une réponse à
la lettre que le supérieur de la Congrégation de Saint-Charles leur a
adressée comme à vous, pour obtenir des explications sur la mesure
prise récemment à l'égard d'une des personnes attachées au service de
l'Hôpital.

Cette demande me semblant justifiée, je vous prie, Monsieur le Maire,
de vouloir bien convoquer dans le plus bref délai possible les membres
de la Commission administrative de l'Hospice, et me faire connaître la
suite donnée à cette affaire.

Recevez, Monsieur le Maire, l'assurance de ma considération la plus
distinguée.

Le Préfet de la Meuse,

(Signé) AD. DE TOURVILLE.

ANNEXE N° 12

Bar-le-Duc, le 15 juin 1877.

Monsieur le Préfet,

En réponse à la lettre que vous venez de m'adresser, j'ai l'honneur de vous faire connaître que, dans sa séance du 1er de ce mois, la Commission administrative de l'Hôpital-Hospice de Bar-le-Duc, comptant six membres présents, a, à l'unanimité moins une voix, décidé que Mme la Supérieure générale de la Congrégation hospitalière des sœurs de Saint-Charles, à Nancy, serait priée de rappeler immédiatement Mme Marguerite Barbier, en religion sœur Emmanuel.

En ma qualité de président de la Commission administrative, j'ai déjà assuré l'exécution de cette décision, qui est souveraine et a été prise pour des motifs sérieux et incontestables, après les explications que Mme la Supérieure et sœur Emmanuel ont été appelées à fournir.

D'ailleurs, dans cette circonstance, la Commission a agi en vertu du droit que lui confère l'article 8 du traité intervenu, en 1841, entre elle et la Congrégation de Saint-Charles.

Je ne pourrais, Monsieur le Préfet, tolérer une protestation quelconque contre un acte accompli de la Commission, surtout de la part d'administrateurs qui, les premiers, doivent l'exemple du respect dû à ses décisions. Ce serait porter une grave atteinte à mes prérogatives de président et aux droits de la majorité, en même temps qu'à l'autorité dont la Commission a aujourd'hui plus besoin que jamais pour mettre fin à des abus qui se produisent sous toutes les formes, constituent notamment la comptabilité occulte formellement défendue par la loi et engagent ainsi la responsabilité des administrateurs.

Quant aux motifs qui ont déterminé la délibération dont il s'agit, et que la Commission n'a pas voulu énoncer dans son acte afin de n'en laisser aucune trace dans l'intérêt de la communauté, j'ai pensé être plus en situation de les fournir à M. le Supérieur ecclésiastique de la Congrégation que les deux administrateurs absents (MM. Bompard et Tripied), qui ne peuvent les connaître que du seul membre opposant, M. Yvon. J'ai donc répondu immédiatement à M. le Supérieur pour lui donner les explications demandées, l'informer que sa lettre serait soumise à la Commission en temps opportun si je ne recevais pas d'avis contraire de sa part, et que je provoquerais alors une enquête.

Je ne dois pas vous laisser ignorer que ces trois administrateurs, en dehors de toutes les règles et dans une lettre inconvenante dont j'ai employé la forme pour faire ma réponse, m'avaient demandé, sans en indiquer l'objet, une convocation extraordinaire que j'ai refusée. C'est alors que la lettre de M. le Supérieur général m'a été adressée par l'intermédiaire de M. l'abbé Tripied. Je la considère donc comme un moyen détourné pour arriver à la réunion désirée.

Vous savez, Monsieur le Préfet, que les religieuses attachées au service de l'administration hospitalière sont placées, quant au temporel, sous l'autorité de la Commission administrative (Art. 16 du décret du 18 février 1809; circulaire ministérielle du 31 janvier 1840; art. 3 du traité de 1841; art. 55 du réglement hospitalier).

Or, cette autorité ne serait-elle pas illusoire, si une minorité pouvait s'opposer à son libre exercice ?

Dans le cas où ces explications, Monsieur le Préfet, ne vous paraîtraient pas suffisantes, je viens vous prier de m'accorder une audience le 17 ou le 18 de ce mois pour vous donner sur cette affaire des détails que ne comporte pas le cadre de la présente lettre.

Veuillez agréer, Monsieur le Préfet, l'assurance de mon respectueux dévouement.

Le Maire de Bar-le-Duc,
Président de la Commission administrative,

(Signé) J.-J. LAGUERRE.

ANNEXE N° 13

Nancy, le 19 juin 1877.

Monsieur le Maire,

Avant de répondre à votre lettre du 14 de ce mois, j'ai voulu attendre le retour de Mme la Supérieure générale des Sœurs de Saint-Charles pour avoir sa pensée sur l'affaire qui me préoccupe et à laquelle vos réflexions ajoutent une importance sérieuse.

Je dois vous avouer, Monsieur le Maire, que la conversation que j'ai eue avec Mme la Supérieure, que la lecture des pièces relatives au renvoi de sœur Emmanuel et les renseignements que j'ai recueillis d'autre part, m'ont confirmé dans l'appréciation que j'ai faite de l'acte du 1er juin et m'imposent l'obligation de prendre la défense d'une sœur que je crois innocente jusqu'à preuve contraire.

Vous invoquez en votre faveur l'article 8 du traité intervenu entre la Commission de l'Hospice et la Congrégation de Saint-Charles. Permettez-moi de vous faire observer, Monsieur le Maire, que cet article reconnaît à la vérité aux commissions le droit, que je ne conteste nullement, de demander le changement de certaines sœurs, pour des raisons sérieuses, ce que Mme la Supérieure s'empresse ordinairement de faire dans l'intérêt du bien et pour entretenir la bonne harmonie entre les sœurs et la Commission administrative; mais cet article ne donne pas et ne peut donner à ces dernières le droit exorbitant et inacceptable de renvoyer, d'expulser en quelque sorte une sœur et d'user envers un membre de la Congrégation d'un procédé que vous emploieriez à peine, j'en suis persuadé, Monsieur le Maire, à l'égard d'une domestique coupable et prise en flagrant délit.

Vous croyez pouvoir justifier l'acte de la Commission en accusant sœur Emmanuel d'avoir fait de la comptabilité occulte, c'est-à-dire d'avoir mal versé. C'est une accusation bien grave, Monsieur le Maire, la première de ce genre qu'on ait jamais imputée à une sœur de Saint-Charles, et vous comprenez que je manquerais gravement à mon devoir, si je n'en demandais pas les preuves.

Vous ajoutez que la Commission n'a pas cru devoir énoncer ces motifs dans sa délibération, afin de n'en laisser aucune trace dans l'intérêt de la Communauté et de la Congrégation. Je remercie bien sincèrement la Commission de sa sollicitude pour les sœurs de Saint-Charles ; mais il vous semblera sans doute, comme à moi, Monsieur le Maire, qu'elle aurait pu donner une preuve plus efficace de ses bons sentiments, en exposant à Mme la Supérieure générale, dans une lettre officieuse, les faits reprochés à sœur Emmanuel, et s'ils avaient été constatés, soyez persuadé, Monsieur le Maire, que Mme la Supérieure aurait fait son devoir et donné satisfaction à la Commission administrative.

En suivant cette règle en usage entre les administrations qui se respectent et s'estiment, la Commission eût donné une preuve réelle de sa bienveillance et elle eût prévenu l'éclat regrettable qui est résulté de l'expulsion immédiate de la sœur, éclat qui a pu éveiller les plus graves soupçons dans l'esprit des gens prévenus, qui a ému l'opinion publique de Bar et qui engage l'honneur de la Congrégation.

Vous comprenez, Monsieur le Maire, qu'il ne nous est pas possible d'accepter pour les sœurs de Saint-Charles une telle situation. Je vous serais donc obligé de réunir le plus tôt possible la Commission administrative pour lui communiquer ma première lettre et celle de ce jour, et me transmettre le résultat de sa délibération.

Veuillez agréer, Monsieur le Maire, l'assurance de ma considération la plus distinguée.

Le Vicaire général, Supérieur des Sœurs de Saint-Charles,

(Signé) JAMBOIS.

ANNEXE N° 14

Bar-le-Duc, le 21 juin 1877.

Monsieur le Supérieur,

J'ai reçu votre lettre du 19 courant et vous confirme de tous points les renseignements que je vous ai donnés sur le rôle de sœur Emmanuel à l'Hospice de Bar-le-Duc.

Avant de s'adresser à vous, les trois Administrateurs, qui forment la minorité de la Commission, m'avaient demandé d'une façon inconvenante une réunion extraordinaire.

Je ne pouvais la leur accorder sans porter une grave atteinte à mes prérogatives de Président et aux droits de la majorité.

Je ne la leur accorderai pas davantage aujourd'hui.

La réunion mensuelle, fixée par notre règlement, aura lieu le 6 juillet prochain. Ce jour-là, je soumettrai vos deux lettres à la Commission et réclamerai une enquête.

A côté de l'administration régulière, il y a à l'Hospice une administration occulte ; à côté de la comptabilité administrative, il y a une comptabilité occulte. Nous ferons la lumière et nous prouverons que le renvoi de sœur Emmanuel était devenu nécessaire.

Notre Commission se *respecte* et *estime* la Congrégation de Saint-Charles ; mais elle ne permettra pas à Mme la Supérieure de l'Hospice de Bar d'empiéter sur ses droits et attributions : elle saura la rappeler à l'observation du règlement dont elle s'écarte trop souvent.

Veuillez agréer, Monsieur le Supérieur, l'assurance de ma considération la plus respectueuse.

Le Maire de Bar-le-Duc,

Président de la Commission administrative de l'Hospice,

(Signé) J.-J. LAGUERRE.

ANNEXE N° 15

Nancy, le 22 juin 1877.

Monsieur le Maire,

En lisant la lettre que vous m'avez écrite hier et dont j'ai l'honneur de vous accuser réception, mon attention a été appelée sur deux mots que vous avez soulignés et à l'un desquels vous avez donné, assurément par mégarde, un autre sens que celui qu'il a réellement.

Si vous voulez bien relire ma lettre, vous remarquerez facilement que les deux mots qui s'*estiment* et se *respectent* reliés par la conjonction *et* ne peuvent avoir deux significations différentes. C'est donc : Suivant cette règle en usage entre administrations qui s'estiment et se respectent *réciproquement* qu'il faut lire.

Je tenais à vous donner cette explication, Monsieur le Maire, car je serais désolé de me servir d'une expression inconvenante à l'égard des honorables membres de la Commission administrative de l'Hospice de Bar qui ont pu, dans la question qui nous occupe, être induits en erreur, mais dont je me plais à reconnaître la loyauté et l'honorabilité.

Veuillez agréer, Monsieur le Maire, l'assurance de ma considération la plus distinguée.

Le Vicaire général, Supérieur de Saint-Charles,

JAMBOIS.

ANNEXE N° 16

Bar-le-Duc, le 13 juillet 1877.

Monsieur l'Administrateur,

J'ai reçu votre lettre du 12 courant, ainsi conçue :

« Monsieur le Maire,

» J'ai l'honneur de vous prévenir que la Commission d'enquête de l'Hospice se réunira samedi prochain, 14 courant, dans la salle ordinaire des délibérations, à huit heures du matin.

» Comme à la dernière réunion vous nous avez avertis que vous aviez d'importants renseignements à nous communiquer, nous vous serons reconnaissants de vouloir bien nous les fournir samedi.

» Veuillez agréer, etc.

» (Signé) CH. BOMPARD, secrétaire. »

C'est donc comme simple particulier que je suis appelé à fournir des renseignements à une Commission que je devais présider, ainsi qu'il en avit été convenu dans la dernière réunion et avant l'ouverture du scrutin ; car j'ai fait observer qu'il était inutile de voter pour moi, président-né de toutes les Commissions : tel est, du moins, l'usage constant pratiqué dans le département de la Meuse et dans la France entière.

Cette Commission, d'après votre lettre, aurait été déjà réunie, à mon insu, puisqu'elle a nommé un secrétaire et probablement un président.

Je croirais faire injure à votre caractère d'administrateur, en pensant que vous avez cherché à m'exclure dans la crainte de voir jeter une trop vive lumière sur des faits qui ont justement ému la Commission, et qu'en ma double qualité de maire de Bar-le-Duc et de président de la Commission hospitalière, j'ai cru devoir signaler à la Cour des comptes.

Jusqu'à preuve contraire et écrite, je me crois le président de la Commission d'enquête et me réserve de la convoquer incessamment.

Veuillez agréer, Monsieur l'Administrateur, l'expression de mes sentiments distingués.

Le Maire,

Président de la Commission administrative,

(Signé) J. J. LAGUERRE.

P. S. — A titre de renseignement et pour vous édifier sur la présidence des Commissions, voir le *Bulletin officiel du ministère de l'intérieur*, année 1874, page 488.

ANNEXE N° 17

Bar-le-Duc, 16 juillet 1877.

Monsieur Thiébaut,

Je viens encore vous rappeler qu'il *faut* absolument que toutes les pièces que vous aviez entre les mains et relatives aux faits de l'enquête qui se poursuit me soient remis (?) demain sans faute, et qu'à l'avenir vous ne vous dessaisiez (?) d'aucune pour *personne*.

Recevez mes sincères salutations.

C. BOMPARD.

ANNEXE N° 18

Bar-le-Duc, le 21 juillet 1877.

Monsieur le Maire,

J'ai l'honneur de vous informer que la Commission d'enquête de l'Hospice, nommée le 6 juillet, a terminé son travail et est prête à en rendre compte à la Commission administrative.

Je vous prie, en conséquence, de vouloir bien convoquer extraordinairement cette Commission.

Veuillez agréer l'expression de mes sentiments distingués.

CH. BOMPARD.

A Monsieur J.-J. Laguerre, Maire de Bar-le-Duc.

ANNEXE N° 19

Bar-le-Duc, le 21 juillet 1877.

Les soussignés, membres de la Commission administrative de l'Hospice civil de Bar-le-Duc, déclarent qu'à la séance du 6 de ce mois, M. le Maire de cette ville, président, ayant demandé une enquête sur des faits regrettables qui se sont produits dans l'Etablissement, il a été décidé qu'une Commission de trois membres serait nommée.

Ils certifient, en outre, qu'avant l'ouverture du scrutin, M. Laguerre a déclaré qu'étant président de droit de toutes les Commissions hospitalières, il ne fallait pas voter pour lui ; ce qui a été parfaitement compris et accepté par l'assemblée.

(Signé) CHEMERY ; A. VIVIEN, *pasteur.*

Le secrétaire de la Commission administrative certifie que non-seulement M. le Maire a fait la déclaration relatée au certificat qui précède, mais qu'il l'a encore renouvelée après le scrutin, et que l'un des membres de la Commission d'enquête, M. Ch. Bompard, lui a dit : « Vous nous convoquerez donc quand nous vous le demanderons ? » Ce à quoi M. Laguerre a répondu : « Oui, j'ai intérêt à ce que la lumière se fasse. » D'ailleurs, fidèles à la recommandation de leur président, MM. les Administrateurs ne lui ont donné *aucune voix*, tandis que tous en ont obtenu.

(Signé) THIÉBAUT.

ANNEXE N° 20

Bar-le-Duc, le 23 juillet 1877.

Monsieur l'Administrateur,

J'ai reçu votre lettre du 21 courant, par laquelle vous m'informez que la Commission d'enquête de l'Hospice, nommée le 6 juillet, ayant terminé son travail, est prête à en rendre compte à la Commission administrative.

Vous me priez, en conséquence, de vouloir bien convoquer extraordinairement cette Commission.

J'ai à mon tour l'honneur de vous informer que, faisant partie de droit de la Commission d'enquête, en ma qualité de Président, ainsi que je l'ai, du reste, annoncé à la réunion du 6 juillet, c'était à moi qu'il appartenait de la convoquer.

Je n'ai pu le faire, puisque la Commission s'est réunie à mon insu. Je proteste donc formellement contre les actes de ladite Commission et les considère comme nuls et non avenus.

Dans ma lettre du 13 courant, je vous avais engagé à consulter, sur mes droits, le *Bulletin officiel du Ministère de l'intérieur*, année 1874, page 428.

Vous n'avez pas tenu compte de mes observations et vous avez passé outre.

Je viens aujourd'hui vous donner d'autres explications :

Il est évident que, Maire, Président de la Commission administrative de l'Hospice, je suis par là même de plein droit Membre des Sous-Commissions chargées de l'examen et de l'instruction de certaines affaires.

Cela résulte nécessairement de l'esprit comme du texte de la loi du 21 mai 1873, qui règle avec un soin minutieux (art. 3) la présidence des

Commissions administratives des Hospices et Hôpitaux prévoyant toutes les hypothèses possibles.

Vous ne sauriez invoquer en sens contraire un argument sérieux. Il est donc rationnel de conclure que celui qui a la présidence du tout a la présidence de la partie. N'y a-t-il pas intérêt, nécessité même à ce que dans une Commission de trois membres la direction, l'impulsion viennent d'un seul, de celui-là qui a l'autorité la plus grande, puisqu'il est placé à la tête de la Commission administrative et que, d'après la loi, sa voix est prépondérante en cas de partage ? Décider autrement, ce serait ouvrir la porte à toutes sortes d'abus, aux plus graves désordres, aux conflits : Eh quoi ! une Sous-Commission ayant une présidence spéciale pourrait braver l'autorité du Président du corps tout entier, paralyser son action. En vérité, ce serait un moyen commode pour une Commission administrative de se débarrasser d'un Maire qui lui porterait ombrage, et de confisquer à son profit et dans son intérêt, l'étude et la préparation de certaines affaires, la direction d'enquêtes par exemple. Le bon sens et la loi s'accordent pour repousser un tel système.

Le principe que je rappelle est constamment appliqué en ce qui concerne les Commissions spéciales nommées par les Conseils municipaux, et le législateur a même jugé inutile d'introduire une disposition en ce sens : « Que le Maire qui préside le Conseil municipal est de droit Membre et Président de toutes les Commissions. » Ce principe a été déclaré expressément par le Rapporteur de la loi du 5 mai 1855 et devant le Corps législatif.

Tel est l'usage invariablement suivi dans la ville de Bar-le-Duc, notamment au Conseil d'hygiène.

J'ai eu l'honneur de vous avertir qu'en présence de votre façon d'agir à mon égard, j'ai saisi la Cour des Comptes de cette affaire qu'on instruit en ce moment.

Il y a donc lieu d'attendre la décision qui sera prise.

Veuillez agréer, Monsieur l'Administrateur, l'expression de mes sentiments distingués.

Le Maire, Président de la Commission administrative de l'Hospice,

(Signé) J.-J. LAGUERRE.

ANNEXE N° 21

COPIE D'UNE LETTRE DE M. FLORENTIN
Receveur de l'Hospice,
à M. THIÉBAUT, Secrétaire.

Bar, 10 août 1877.

Le Président de la Conférence Saint-Vincent-de-Paul de Notre-Dame manquerait à ses devoirs s'il laissait, sans pousser un cri d'alarme, l'un des membres de cette Conférence, qui lui a été des plus chers, se perdre de gaîté de cœur.

C'est à ce titre que je viens vous dire, s'il en est temps encore : *Prenez garde !*

Vous avez soulevé *de nouveau*, et sans écouter les conseils d'*amis dévoués*, une bien triste affaire, *où vous n'aviez rien à voir*, et dont la solution *provisoire* est *déplorable* à tous les points de vue. Je ne sais quel en sera le résultat définitif, mais, quel qu'il soit, il fera le remords de toute votre vie. Est-ce que nos sœurs n'ont pas été pour vous de tendres mères ?

Et au lieu de les payer de gratitude et de vénération, sinon d'affection, vous allez cherchant à amasser partout de la boue pour les salir ! Et dans le sein de la Commission, *quels sont les membres qui vous ont traité en enfant gâté ? Quels sont ceux dont vous faites la joie en ce moment ?* (1) Quels sont ceux que vous attristez et dont vous déchirez le cœur ?

Comparez donc, si la passion ne vous aveugle pas tout à fait, et jugez-vous !

Avant donc que le mal ne s'accomplisse et d'une manière irrémédiable, avant que vous n'ayez *recueilli pour toute votre vie* le déshonneur et le remords d'en avoir été *la cause active et l'instrument volontaire*, je vous crie avec la plus amère tristesse, et sans avoir confiance que ma voix puisse se faire entendre au milieu du tumulte des passions auxquelles votre cœur s'est livré, mais je vous crie, pour remplir un devoir douloureux, inspiré par un reste d'affection : Prenez garde !

(Signé) FLORENTIN.

La lettre dont copie précède a été adressée le 10 août 1877, entre sept et huit heures du soir, à M. *Thiébaut, secrétaire* de l'Hospice, par son supérieur, M. *Florentin, receveur*, et en même temps président de la Conférence Saint-Vincent-de-Paul.

Le lendemain, 11 août, à huit heures du matin, M. Yvon-Baudin, vice-président, à qui M. Thiébaut avait tant de fois signalé en vain toutes sortes d'abus, proposait à la Commission de l'Hospice la révocation de M. Thiébaut.

M. Florentin était, en même temps, chargé de le relever de ses fonctions.

ANNEXE N° 22

HOSPICE CIVIL

Bar-le-Duc, le 24 août 1877.

Monsieur le Président,

J'ai l'honneur de vous prévenir que M. Yvon, vice-président de la Commission, ayant cru devoir donner des ordres qui touchent à l'administration de l'Hospice, je me retire et fais mes réserves pour l'avenir, demandant qu'il soit statué sur la limite des deux pouvoirs.

(Signé) *L'Administrateur de service,*

A. VIVIEN.

(1) Peu poli, M. le Receveur, pour le Président et MM. Vivien et Chémery !

ANNEXE N° 23

Bar-le-Duc, 25 août 1877.

Monsieur Vivien, administrateur de service, pendant le mois d'août.

J'ai l'honneur de vous accuser réception de votre lettre du 24 de ce mois, et je regrette que M. le Vice-Président de la Commission de l'Hospice se soit permis de donner à M. Florentin, receveur, des ordres que *seul* vous étiez chargé par M. le Préfet de lui transmettre.

En tout état de cause, et moi présent à Bar-le-Duc, M. Yvon n'est qu'un simple administrateur et n'a aucun ordre à donner, quand il n'est pas de service.

Sa conduite est donc répréhensible et je le blâme vivement.

(Signé) *Le Président,* J.-J. LAGUERRE.

ANNEXE N° 24

Bar-le-Duc, 6 septembre 1877.

Monsieur l'Administrateur,

A Monsieur Robineau, administrateur de l'Hospice pendant le mois de septembre.

J'ai reçu une lettre de convocation pour la réunion de la Commission administrative de l'Hospice, qui doit avoir lieu vendredi prochain, et ai l'honneur de vous informer que je ne pourrai y assister.

Les faits regrettables qui se produisent depuis quelque temps au sein de la Commission ne me permettent pas en ce moment de prendre part à ses travaux.

Je profite de la circonstance pour signaler à son attention les actes de M. Yvon, vice-président, qui, sans aucun mandat, a donné au receveur des ordres que l'administrateur de service pouvait seul lui transmettre de la part de M. le Préfet, au sujet du renvoi de M. Thiébaut que je n'ai pas à apprécier aujourd'hui.

J'ai reçu pour ce fait une plainte de notre collègue M. Vivien.

La conduite de M. Yvon étant blâmable en cette circonstance, je pense que la Commission fera son devoir.

De mon côté, je proteste de nouveau contre la direction donnée à mon insu à l'enquête sur les actes reprochés avec raison à sœur Emmanuel.

Je proteste contre son rappel et la rédaction de la délibération du 11 août qui n'a pas été approuvée par la Commission, et n'est signée que de cinq membres sur huit.

J'attendrai donc que l'autorité supérieure, mieux renseignée, fasse bonne justice de toutes les irrégularités qui se commettent actuellement à l'Hospice et que la Cour des Comptes donne son avis sur les faits de comptabilité occulte qui lui ont été et lui seront encore signalés.

Veuillez agréer, Monsieur l'Administrateur, l'assurance de ma considération la plus distinguée.

Le Président de la Commission de l'Hospice,

J.-J. LAGUERRE.

ANNEXE N° 25

FOURNITURES ET TRAVAUX EN 1878

Séance du 5 octobre 1877.

Présents : MM. YVON, *Vice-Président*, qui a présidé l'Assemblée en l'absence de M. LAGUERRE *Maire, Président;* CH. BOMPARD, CHÉMERY, CH. MAYEUR, ROBINEAU et TRIPIED, *Administrateurs.*

M. le Président invite la Commission à s'occuper dès aujourd'hui des fournitures et des travaux à faire à l'Hospice en 1878 et du mode qu'elle emploiera pour traiter de leur exécution.

M. Chémery exprime l'avis d'employer la voie de l'adjudication publique comme présentant plus de garantie et couvrant la responsabilité des membres de la Commission.

D'autres membres soutiennent le mode de marchés de gré à gré comme préférable, parce qu'il permet de choisir, souvent à des conditions de qualité et de prix plus avantageuses, les personnes qui offrent le plus de garantie.

La Commission, après en avoir délibéré,

Vu l'article 8 de la loi du 7 août 1851;

Considérant qu'elle n'a qu'à se féliciter du mode qu'elle a adopté depuis plusieurs années, pour acheter les fournitures nécessaires à la consommation, ainsi que pour faire exécuter, dans les bâtiments, les travaux d'entretien dont la dépense n'excède pas 3,000 fr.;

Qu'en traitant de gré à gré avec des négociants ou des ouvriers de son choix, elle a pu assurer à l'établissement, à des conditions avantageuses, des denrées d'excellente qualité et des travaux d'une bonne exécution ;

Que l'adjudication publique lui a rarement procuré les mêmes avantages parce que la plupart du temps, ou les concurrents s'entendent pour surélever les prix, ou des rabais sont faits par des amateurs qui ne présentent pas toutes les garanties désirables ;

Que la Commission administrative a dû renoncer d'ailleurs, depuis longtemps, à cette voie, notamment pour les fournitures de blé ou de farine, de vin, de houille, etc..., qui sont les plus importantes, et qu'elle a pu acheter à de bonnes conditions, en choisissant le moment le plus opportun ;

ARRÊTE :

Les fournitures à faire à l'Hospice civil de Bar-le-Duc en 1878 seront achetées à l'amiable, de gré à gré, et à prix débattus ;

Les travaux d'entretien à faire exécuter, tant dans les bâtiments hospitaliers qu'à la ferme de Vadinseaux, et dont la dépense n'excédera pas 3,000 fr., seront confiés aux ouvriers habituels de la maison, exécutés sous la direction et la surveillance de l'Architecte de l'Hospice, et payés sur mémoires réglés par lui, visés et arrêtés par la Commission.

La présente délibération sera notifiée à M. le Préfet de la Meuse.

Pour extrait :

Le Vice-Président de la Commission administrative,

(Signé) YVON-BAUDIN.

Vu et approuvé :

Bar-le-Duc, le 10 novembre 1877.

Le Préfet de la Meuse,

Pour le Préfet et par délégation :

Le Secrétaire général,

(Signé) DORNAU.

Pour copie conforme :

Le Maire de la ville de Bar-le-Duc,

JACQUET, Adjoint.

ANNEXE N° 26

Bar-le-Duc, le 8 décembre 1877.

Monsieur le Préfet,

M. le Maire de Bar-le-Duc demande communication du compte moral de l'Hospice pour 1876.

Pour permettre au nouveau secrétaire de satisfaire dans la mesure du possible à cette réclamation, j'ai l'honneur de vous prier de vouloir bien me donner en communication *le compte moral de 1875* (ô naïveté !) ou, à défaut, le dernier compte moral *qui vous aurait été adressé.*

(Signé) *L'Administrateur de service,*

Ch. Mayeur.

RÉPONSE

Malgré les prescriptions de l'instruction ministérielle du 8 février 1823, l'administration hospitalière s'est abstenue de produire un compte moral à l'appui du compte administratif annuel. C'est donc avec raison que l'administration municipale réclame un document de l'espèce pour l'année 1876. Prière de vouloir bien le lui fournir en double expédition. Si, *pour sa rédaction,* des indications autres que celles contenues dans l'instruction ministérielle précitée sont nécessaires, le préfet s'empresserait de *communiquer l'un des comptes moraux que les autres Hospices du département lui adressent annuellement.*

Bar-le-Duc, le 10 décembre 1877.

(Signé) Dornau.

On ne peut se moquer plus agréablement des gens ! La ville de Bar-le-Duc attend toujours le compte moral de 1876 !

Bar-le-Duc. — Impr. & Lith. Comte-Jacquet.

www.ingramcontent.com/pod-product-compliance
Lightning Source LLC
Chambersburg PA
CBHW071108260626
47162CB00006B/2254